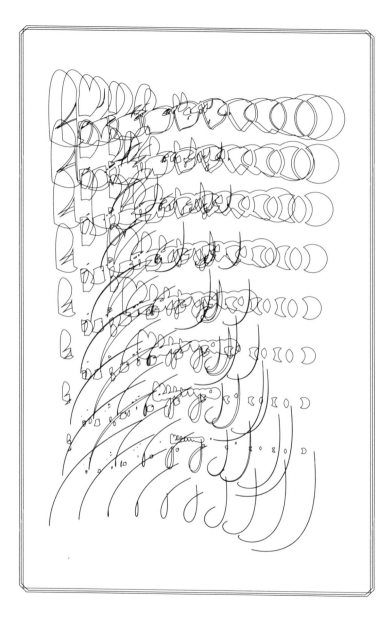

아침달 시집

오토파일럿

박술

시인의 말

지난 며칠 횔덜린의 시를 계속 중얼거리고 있었다.
"저기 알프스 산중은 아직도 밤이 밝고…"
나는 이 시의 제목이 '도착 Ankunft'이라고
확신하고 있었다. 내가 마음속에 그리던 그림은
며칠을 걷고 야영한 끝에 만년설이
덮인 산맥들이 보이기 시작하는 장면이었다.
드디어 길이 끊어지고 말 없는 자연만
남는 순간, 도착. 하지만 찾아보니 시의
제목은 '귀향 Heimkunft'이었다. 시는 멀리
갈수록 돌아온다는 뜻이었다. 잘 들어보면
밤은 사랑을 숨기고 있다는 뜻이었다.
떠난 적이 없었다는 뜻이었다.

2025년 3월
박술

차례

1부

2부

산문

발문

구름은 지을 수 없다.

—루트비히 비트겐슈타인, 1942년 1월 4일의 일기

1부

란스 Lans ˘

라틴어를 못하는 얼굴들에 둘러싸인다. 절망이 없지만 절망의 극복도 없는 전나무들에 둘러싸인다. 호수가 얼어붙은 이유는 심장이 있어야 할 자리에 얼음이 들어섰기 때문이고, 늪 속에서 나무가 자라는 이유는 인간의 마음이 송전탑을 타고서만 움직이기 때문이다. 죽은 사람, 죽은 얼굴, 죽은 시를 이마에 발라주면서 푄 Föhn 바람이 분다. 고산은 어느 지점에서 높아지기를 멈췄기 때문에 고산이다.

진흙을 몸에 잔뜩 묻히면서 큰 뵈엔 Böen 바람이 불어온다. 왕관을 내려놓으면서 많은 천신들이 설산으로 내려오는 모습을 본다. 영어를 말하는 소녀가 벽에 걸린 채로 나를 바라본다. 나는 파랗고 또 정이 없고, 점점 그들 시야 속의 죽은 초점들로 변해간다. 지난날의 향기와 연기를 불러내본다.

기억은 마차와 같아서 이제 더 이상 인간들의 도시는 그것을 받아들일 준비가 되어 있지 않다. 횃불을 매달고 내달리는 사람은 대낮보다 더 크지만 결국에는 광산 속의 허무한 빛; 숨이 죽어가는 해를 배경으로 하여 너는 가슴을 전부 헐어서 나에게 준다. 나는 다른 곳을 보면서 너를 생각한다. 다른 곳은 붉다.

🌙 오스트리아 인스부르크 근처의 마을. 시인 게오르크 트라클이 머물던 곳이다.

쟤네말

입안에 침이 고이듯
한국말이 고였다

지금 입을 열면
모두에게 더러운 것이 튄다

외국어란
쓰레기를 삼키고서 병에 걸리는 일

여러 여자를 만나서
너네나라말을 짓이겨 발랐다
나나니벌처럼

혼자서 집을 짓고

방울뱀처럼
네 가슴을 두드려보니
한국말로 울기에 좋았다

사랑이란
나라말을 몸에서 벗겨내는 일

삭발을 앞둔 메두사의 심정으로
거울 앞에서 발화를 연습한다

안녕, 내 이름은, 안녕,

이것은 우리말이 아니야

우리는 모두 쟤네나라사람이야

네 마음도 돌이니

무성

못움직이기. 갔던 곳에서 한 발자국도 못움직이기. 못에 박힌 채로 날개를 흔들기. 흔드는 날개에서 가루가 키라키라 떨어지는 것을 보기. 의태어는 의성어를 모방하고 의성어는 변태하는 나방처럼 꿈틀대고. 어릴 적 일본 책을 번역한 과학문고 안에 박제되어 있던 말들처럼. 물에 뜨는 돌처럼. 움직이기. 시작해보기. 간신히 균형을 맞추고서 발을 떼어보기. 한 번 오갔던 곳의 중력에 잡혀버리면 끝이다. 두 중력체 사이에서 몸이 뒤집어질 때 느껴지는 잠깐의 무중력. 그 감각을 기억하고 있다. 모성에 내리면 나를 햇빛처럼 짓누르던 입말의 중력. 마음에 뼈가 있다면 휘어질 것 같았다. 변태하는 나방들의 집에 갔었다. 각자의 몸을 공중에 매달고서 각자의 방식으로 못움직이기. 변화하는 동안, 절대로 못움직이기. 소행성에 내리면 내딛는 곳마다 먼지가 뿌옇게 솟아올랐다. 천천히, 눈앞을 가리는 구름은 못움직이기를 위한 연습. 맨몸을 드러내기 위한 용기. 붉게 빛나는 모성을 올려다보면서, 못움직이기. 그래서 나는 마음이 좋았다. 마음에 구멍이 나서 시원했다. 구멍이 난 사람은 구멍에 못이 박혀서 결국 벽걸이 시계처럼 째각, 째각, 못움직이기. 못잊기. 못나아가기. 바람

처럼 풍경을 뒤로하기. 뒤돌아보면서. 떠밀려가면서. 코끝을
보기.

도움닫기 없이 날기

여기말로 움직이지 못하기, 라고 말하려면 자기SICH라는 말이 필요하다. 여기말로 자기를 움직이지 못하기, 라고 말하면 마음이 굳는다. 자기를 움직이거나 움직이지 못하는 게 누구지. 있던 곳에서 움직이지 못하기, 라고 말하려면 한 번EINMAL 거기 있었음으로부터 자기를 움직이지 못하기, 라고 말해야 할까. 있었음으로부터GEWESENSEIN, 라고 말하면 SICH가 아주 단단해지는 것을 느낄 수 있다. **존재의 완료형**을 말해봐. 몸통을 뚫고 채집판에 박히는 핀을 쥔 자를 느껴봐. 그가 바로 자기일까. 여기말을 하면 그에 손에 문득 **한 번**이라는 못이 들리는 걸까. 자기가 자기를 채집하는 걸까. 박제된 날개를 흔들어본다. 글리터, 글리터, 반짝이는 것 같기도 하고 싸구려 금박 같기도 한 말들이 떨어진다. **GLITTER, GLITTER.** 여기말로 번데기 안에서 빛나는 성충을 부르려면 이마고IMAGO라는 말이 필요하다. 아마 그림이라는 뜻이었을 거야. 내가 사랑했던 아마포에 감긴 미라들MUMMIEN, 생명 기관을 제거한 말들 같다. 바싹 마른 사랑 같다. 이제 천천히 붕대 안의 팔다리를 여전히 움직이지 못하기NICHTBEWEGENKÖNNEN, 라 말하고 재귀대명사가 있던 곳을 더듬어본다. **있었음**의 하늘을 향해 손을 내밀어본다. 너는 여기말로 기억한다, 라고 말하고 싶지만 그건 안쪽에서 부르기ERINNERN, 라는 말이어서 곧 삼켜지게 VERGESSEN 된다. 뼈를 짓누르던 중력의 기억. 심장에 뼈가 있다면 지금이 바로 부러지는 순간일 텐데. 네가 여기 있었다면 마음이 텅 비었을 텐데. 여기말로 마음HERZ, 이라고 말하려 하면 하얀 입김만 나올 텐데. 그래서 너는 심장에 구멍이 뚫렸고 그건 잘된 일이었다. **ES WAR GUT.** 몸에 많은 구멍을 담은 사람에게는 많은 못이 달려오고 구멍투성이의 사람은 시계처럼 틱, 톡, 틱, 톡, 자기를결코, 움직이지, 못하기, 잊는법을이내, 잊어버리기. 지금 뒤돌아봤어야하는데, 를 던져버리기. 지금, 여기말에, 자기말을, 내어주기. 지금 여기, 말의 평야를, 가로지르기. 도움닫기 없이 날기. 지금 여기.

늦은 착륙

Du aber bist Wald, sprichst nicht,
sondern grünst, wenn ich durch dich gehe.↰

천천히 걸어서 본관 앞 분수를 지나는데 색깔들이 예쁘게
버무려져 있었다. 잔디의 여름이 긴 바지의 겨울로 이염되고,
죽은 담배들은 태양을 향해 가느다란 손을 내미는 순간, 모
두가 가볍고 따뜻하고 느린 붓놀림의 안쪽. 심장마저도 뛰지
않고 걸어서 길을 건넜다. 가장 간략한 무언가가 혈관 속을
산책했다. 묵은 피를 밀어내는, 무엇보다도 느린 순환. 그때
처음으로 발밑에 단단한 것이 느껴졌고, 나는 세상에 도착했
음을 알았다. 나를 담은 이젤 너머로, 흔들림 없는 그곳을 처
음 보았다. 행복한 껍데기들이 일제히 숨을 내쉬는 것에 감격
했다. 가면은 표정으로 표정은 가면으로 변하며 섞이는 것이
놀라웠다. 오른손을 조금 내밀자 사람들이 한꺼번에 새카만
개미 떼로 변했다. 분수대는 다시 피를 울궈냈다. 쉴 틈도 없
이 벌써 이륙이었다.

↰ 그러나 너는 숲, 말 대신 녹색으로 내 길을 물들이는구나.

페를라흐 Perlach

페를라흐는 뮌헨 남부에 있는
인공 낙원이다
검은 침엽수의 프랙탈

말을 몰랐던 내게
처음으로 네가 건넨
더러운 도형들
고마웠다

백색소음으로
귓가에 웅성이던 세상
진흙처럼 누워 있던 언어가
몸을 곧추세웠다

고맙다는 말 전에
무명과 멸칭을
몸에 항상 붙이고 다니는 부적을

은어로 지은 집 안에서
얼기설기
미쳐버린 시인을 읽는다

이제 오라, 불길이여!
낯선 곳에 이르러 우리는
언어를 거의 잃어버렸고↰

순수에 관한 거짓말을
더듬거리며
낙원의 풍경을 읽네

붉은 기차들
붉은 기차들
붉은 기차들

시작도 끝도 없는

↰ 프리드리히 횔덜린, 「이스터 강 Der Ister」

이프릿ʼ

신부님 방에서는 권투 글러브 한 쌍이 늙어갔다
은박지로 빚어놓은 다윗의 별을 올려다보며
히브리어 수업을 듣는 학생은 둘뿐

너는 흑림에서 태어난 여자
나는 볼품없는 언어의 화자

새까만 숲만의 억양으로
삼천 년 전 로마제국 변방의 사투리를 배운다
이곳 역시 종교가 방언투성이라 안심이다

נבא 나비, 말뜻은 예언자
내 어머니 말로는 집을 나온 고양이들을 그렇게 불러
아니면 날개에 빵가루를 묻히고 다니는 것들
예쁜 말이야
너는 입속의 날개를 팔랑이며 발음해본다

나비

나비

나비

히브리어 문자들이 우리 입안 가득 부화한다

자음뿐인 너의 네모들에 모음을 그려넣자

전나무 내 가득한 홍해가 입술을 열어온다

주의 천사는 세 쌍의 날개를 지녔으니:

한 쌍으로는 두 손을

한 쌍으로는 두 발을

한 쌍으로는 두 눈을 감쌌도다

카도쉬

카도쉬

카도쉬↖↖

↖ Ivrit. 히브리어로 히브리말이라는 뜻.

↖↖ Kadesh. 거룩하시도다, 거룩하시도다, 거룩하시도다.

귀국

더러운 물.

철갑선이 흘려놓은 거북의 피
갯벌의 묽음이 말을 걸어오는
인천 앞바다. 그래, 죽어 있었지.

오랫동안 그랬었지,
수몰자처럼 부푼 얼굴들이여
싱싱하게 부패하던 간판들이여
나를 반기는
이 감미롭고도 친근한 구토감이여,
나는 잊고 있었네

그래,
여기가 내 죽어 있는 집이었지.

러브

러브는 없다
러브는 없지만
가마솥에서 골똘히 끓는 생각의 고기
뻘 속으로 천천히 가라앉는 신축 오피스텔 모텔 러브호텔
인천 앞바다에 러브의 거품이 출렁인다

러브는 머리가 없다
머리가 없어서 러브는 벽을 통과하고
날짜 변경선을 무시하고
성층권을 외도의 경전처럼 휘젓고 다닌다
러브가 길거리에서 감격을 죽을 만큼 흘릴 때도
쏟아지는 유성우 안에서
팔을 벌리고
눈을 감아도
머리는 러브에게 달라붙지 않는다

러브는 물속에서 태어나지 않았다
러브는 거품이 이는 이곳을 좋아하지만

어둠을 집이라고 부르지는 않는다, 둘로 갈라지면서 물어
뜯는 머리를 가질 뿐
  모든 비행기가 낙하하는 항구인 인천을 생각할 뿐
  방파제에 가로막힌 몸들 빼곡히 바늘을 꽂을 뿐

러브에겐 날개가 있지만 날아오른 적 없다

러브는 없고

비행선도 없고

북두칠성처럼 러브는
구멍에서 빛을 흘리며 멀어진다

일요일 오후에는
눈먼 사람들이 길거리를 흐른다

나무가 모르는 것들

넓어져버린 숲에서, 전혀 네가 아닌, 사프란 향의 바람만
이 나를 계속해서 어루만진다. 평범한 젖버섯일 뿐인 내가,
과분한 끌어안음에, 바람에 쏠리면서 검어져간다. 무너지는
만큼은, 마치 판관처럼 나를 대해주길. 너와 숲의 안에서 나
는 거의 보이지 않는 희미한 군락을 이루고 있다. 먹혀 없어
지기 전에, 찾아 헤매는 손들과 먼저 만나길 기도하면서. 그
런 감각이 있다: 네 한숨이 돌들을 비집고, 나를 들어올리고,
마침내 균사의 끄트머리에 그 따뜻한 숨결을 불어넣을 것 같
은. 내 기억의 갓버섯이 사랑을 네게까지로 뻗는다; 지나친
줄도 모르고. 방황의 많은 길을 지나갔고, 네 작은 손가락을
에워싸는 마녀의 반지를 나는 줄곧 만들어두었다↵

↳ **Wald-Unwissen.** In deinem Wald bilde ich einen schlichten Pilzhaufen, fast unsichtbar.
Loses Händehalten begleitet den leisen Tod graugrünen Tages. Mein Gedächtnis reicht den
Schirmling der Liebe hin zu dir. Vergangen. Begangen sind viele Wege der Irrnisse, wo ich
Hexenringe um deinen winzigen Finger schmiedete, fahle. Warum mir, diese schenkenden
Hände? Dein Seufzer fällt zwischen die Steine, hebt mich auf, bläst dem Fruchtkörper warmen
Hauch ein. Des Windes zu viel; schwärze mich, mich gemeinen Milchling, an deiner vielen
Umarmung; zugrunde gehend, richte mich. Gar nicht mehr du, sondern ein safraner Wind
umfasst ewig, in diesem weitgewordenen Wald, mich.

도플갱어 떼어놓기

나는 벽을 향해 돌아 앉았다
오래된 것처럼 보이도록 만든 목재를
서둘러 애무하자

왼쪽이 없어진다
가슴을 비우고 몸을 끝까지 털어본다
왼쪽이 없다
심장이
좌뇌와 좌안과 좌완이
꽉 쥔 포크가
ㅂㅈㄷㄱㅅ
QWERTZ
자음을 담당했던 네모들이

과연
인중에 작은 거울을 심듯
비춰낸 세계였을까

ㅇ ㅇ ㅇ

모음이 달라붙은 모서리는 둥글다

입체는 납작하게 붕괴한다

넘어질 수조차 없게 쓰러져서 푹신하다

지면에 닿은 어떤 붉은 단면이

간지러워서 웃는다

있기

갑자기. 갑자기 감싸주기. 잠 속에서 잠 밖으로 손을 뻗기. 어둠에서 어둠으로. 무명에서 무명으로. 외로운 것은 마음이 아니라 몸이라 생각하면서, 맡기. 세상의 냄새에 몸을 내맡기기. 맞잡아보기. 내버려두기. 손이 손을 잡은 감각으로부터 잡은 손과 잡힌 손을 유추해보기. 밤이 밤을 씻어내듯. 향기가 향기를 맡듯. 판단을 유보하듯이. 가버림이 버려지듯이. 가방 안에 들어 있는 구멍을 소중해하기. 기차를 움직이는 연착을 고마워하기. 안착하기. 착륙에 앞서서 뜨거운 김이 나는 합성수지를 눈동자에 대기. 대기를 이루는 것들이 창에 와서 부딪칠 때, 절대 실패를 생각하지 않으면서 추락하기. 꿈에서, 꿈으로, 낙하산을 펼치고 뛰어보기. 금지되기. 골짜기에 눈이 닿기도 전에 벌써 검은 숲의 심장이 되어 있기. 혈관이 팽창하도록, 뛰기. 이끼 속에 숨어 있기.

Åhus

오렌지를 벗기면서 너도 쳐다보았다
방이 연두색으로 변할 때
자물쇠 안에서는 안달루시아말이 흘러나왔다

스웨덴에 가면 여자애들이 죄다 금발을
검게 물들이고 앉아 있다 Domus는
라틴어로 집이란 뜻이고 그곳에서
나는 길을 잃었다 흑발 속에서
자갈이 깔린 기숙사 지붕에서
회향 열매 가루 날렸다
밤 기차
찌든 직물 위에서

네가 지쳤으므로
향수를 뿌려서 집을 지었다
간단한 일이었다
껍질을 벗기는 것은

후에 그 구름이 폐가로 변한 것을 봤을 때

소름은 내 껍질을 이루었다

강 GANG

독일어로 간다GEHEN라는 말은 걷는다GEHEN라는 동사와 구분되지 않는다. 영혼이 가벼운 말이다. 옷을 입는 너는 구분을 입는다. 더러운 커튼 뒤에 숨는 것처럼. 먼지를 감수한다. 창살을 확장한다. 입고 벗고, 벗고 또 입더라도, 밖으로 나갈 수도 없고 밤하늘에 구멍을 낼 수도, 피부 위의 죽은 눈들을 감겨줄 수도 없다. 그렇다고 해서 옷을 입은 동시에 벗을 수는 없다. 옷을 입지 않으면서 동시에 벗지 않을 방법 또한 없다. 구분은 무겁고, 발걸음GANG은 가볍게 간다.

우리는 도나우 강가 낡은 농가에서 머물렀다. 쓰레기통 대신에 두엄 더미가 김을 내고 있었다. 제대로 된 길이 없어서 양떼를 따라 그곳에 도착했던 것이다. 골짜기 전체에 단한 채밖에 없는 집. 키우는 산양들이 혹시 벼랑을 그리워할까봐 우리 안에 괴석을 모아둘 정도로 따뜻한 곳. 가축이 바위사이를 뛰어다니면서 야성을 모방했다. 우리도 숲속을 걸으면서 본 적도 없는 중세를 모방하고 있었다. 나무로 된 지팡이를 깎고, 배낭에는 항상 젖은 빨래를 걸고 다녔다. 개울물을 마시고 나무 열매를 따먹다가 해가 기울어서 우왕좌왕했다. 우리에겐 옷이 사라지고 있었다. 벗을 수 있을 때는 벗었고 입어야 할 때도 되도록이면 벗었다. 점점 더 옷이란 말에는 간지럽다거나, 비에 젖었다거나, 햇빛에 그슬렸다는 말만이 어울리게 되었다. 이곳, 모든 게 말도 안 되게 깨끗하구나, 라고 말하면서 우리가 빙하수에 몸을 담갔을 때, 아마 옷도 얼음처럼 깨끗했을 것이다. 만년설을 녹이진 못했지만, 그래도 여름이었다. 눈을 들면 다시 얼음이 있었지만, 맑은 구름과 다르지 않았다.

충몸

진득한 어둠 속
흔들리는 치열처럼
우리는 일깨워진다

일제히 섰다가
나란히 눕는 충몸들

암반 밑에 웅크린
농게들의
갈라진 숨소리

그대
나와 함께 손끝에
꿀을 찍어 먹을까

영광이 멀지 않은 곳에 있으니

젖은 사탕이

개미의 주검에게 그러하듯

뜨거운 그늘이
우리의 몸을 바짝
끌어당겨
비껴 걸고

혈색

쑥밭 위의 가건물, 구름이 머물기에 좋다. 가장 순수한 아이들이 가장 무서운 적과 싸우는 따스한 풍경. 애들은 썩은 옷을 입고 서로를 병아리라 부른다.

아들 대신 식중독에 걸린 어머니들이 웃는다. 눈먼 오소리가 밥찌꺼기를 물고 웃는다. 철책 사이에 갇힌 고라니가 사람 목소리를 내면서 웃는다. 녀석은 원래 거기에서 태어났을 뿐, 아무도 가둔 적은 없다. 그 아무마저도 목에 5.56밀리 탄환이 걸려서 컥컥, 웃는다. 은닉탄 때문에 몽둥이를 가져왔던 헌병대장, 내가 이렇게까지 해야 너희가 웃겠냐, 파리들이 녹물을 뿌리며 터진다.

소각장처럼 버티는 너희들의 침묵: 비구름이 허물기에 참 좋은 풍경.

다시 일어나는 자리

네게 삶을 내어줄까 생각한다. 그럴 수 있을까 생각한다. 도려낼 수 있을까. 내 안의 이 붉음을. 나를 너로 옮겨 적을 수 있을까. 눈밭에 쓰러진 채로 물들어가는 너. 노래하는 너. 검은자위 흰자위로 노래하는 너. 산속에는 해가 뜨지 않는 것 같을 때가 있어. 항상 따뜻한 쪽을 향해서만 껍질을 여는 조개처럼. 상아질 속에서 꿈을 미는 죽음처럼. 네게서 뽑아낼 수 있을까 생각한다. 흑백의 진주를. 예전에 살던 곳으로 너를 보내줄 수 있을까. 백암을 향해 NACH WEISSENFELS. 마룻바닥이 삐걱이고 거미들이 네 이름을 아는 곳으로. 노인들의 피난처로. 네가 세상에서 유일하게 집이라고 부르려던 곳으로. 네가 불러서 나는 꿈속에 죽은 채로 남겨진다. 향기가 몸에 난 구멍을 채운다. 나는 생명이 있던 자리를 만져본다. 분리수거 날 누가 내어놓은 그림을 부러워하듯이. 너도 새것이었는데. 혜성의 꼬리가 흑백으로 스친다. 다시, 내어줄 수 있을까 생각한다. 굳을 줄 모르는 이 붉음을. 누구도 들을 줄 모르는 이것을. 흑이 사라지는 이 자리를. 네가 백이 되는 이 자리를. 아무도 원하지 않는 이 자리를.

숄덴˙ 1

남자가 살던 곳에 텐트를 치고
물을 긷는다
회색 호숫물은
어떤 것도 반사하지 않는다

집들은 모여 있지만
딱히 어떤 것을 두려워해서 그런 것은 아니다

흉터처럼 패인 집터

계단을 오르던 미루나무가
어떤 것을 느끼고 누런 잎을 떨군다

물가에 혼자 사는 여자는
들숨으로 말한다
피요르드는 물, 피얄은 산

남자의 책은

어떤 것도 걸리지 않는
빈 그물

ᘁ 숄덴(Skjolden)은 노르웨이 중부의 마을이다. 철학자 비트겐슈타인이 지내던 오두막 터가 있다.

숄덴 2

주인이시여, 감사합니다. 이곳에는 아무도 없습니다. 높은 안개 속을 지나갈 때, 산 중턱에 이르러 여름의 눈밭을 보게 되었을 때, 나는 마침내 휴식을 얻은 느낌이 들었다. 꽃들은 부드럽고, 눈송이처럼 부드럽고, 차갑게 흔들리고 있었다. 그 순간을 두고 '푸른 들판에 별들이 흩뿌려져 있었다'고 말한다면, 그것은 우리 우주만큼 어둡지는 않은 다른 어떤 우주에 대한 말이 될 수도 있을까. 하늘을 마냥 검다고 상상하면, 가슴이 턱 막히면서도 열리려고 몸부림이었다. 그래서인지 사람들은 드럼통에 구멍을 뚫어서 나무를 던져 넣었고, 붉은 혀 같은 불길이 구멍 사이를 마구 오가게 했다. 북구의 바람이 거셌으므로 드럼통 속의 대변인은 미친 듯이 혀를 놀릴 수밖에 없었다. 그렇게 자신이 말해야 할 몫을 불꽃에게 이양했기 때문에, 이제 남은 임무는 침묵밖에 없었기 때문에, 불가의 사람들은 할 일이 없었다. 한여름에 털모자까지 갖추어 쓴 사람들 서너 명이 불가에 서 있었지만, 내가 그 곁을 천천히 지나가는 동안 미동도 없었고 한마디 말도 없었다. 그들은 무엇을 연습하고 있었던 것일까.

내가 할 줄 모르는 일을 연습하고 있었던 것일까. 정신을 배우기 위해서 불가를 찾아갔을 때, 선승은 내가 가장 할 수 없는 일을 내게 요구했다. 머리가 없는 놈이 무슨 궁리를 하느냐, 라고 호통치는 입에서 붉은 불꽃이 튀어나왔다. 나는 정신이 없어졌고, 침묵마저 잃게 되었다. 불가의 뜨거운 불가에서 없어진 내 머리가 살아났고, 정신이 마구 움직였다, 그렇게 되기를 희망했다. 그때 두 다리가 부러졌다면, 눈이 멀었다면, 지글지글 타버렸다면. 스승이 보기 좋았을 텐데. 연습은 없었다.

🌙 비트겐슈타인, 1936년 겨울의 일기.

프로메테우스

네가 나를 주무르며 얼굴을 빚어주었다
자꾸만 흘러내리던 나였다
벌써 내 눈물에 자신을 비추어보고
너에게도 얼굴이 생겼다

끌로 내 얼굴을 덜어내면서
핏물을 닦던 너의 정교함
불을 다루었던 장인의 손

나를 불에 구울 때
가마 속에서
튀어나오던 열이
너의 몸 또한 단단하게 했다

나는 그슬리고
너는 희다

환희에 빛나던

한층 명료해지던
주인다운 턱선

훔친 숯을 손에 쥐고
남몰래 속삭여본다

나는 태어난 적 없고
너는 이미 죽어 있다

휘어진 빛

그리움으로 나방투성이인 밤이다

닿을수록 부풀어 오르는 상처처럼
나는 만져지는 것만을 상상했다

싱싱한 독소를 품은 달걀처럼
정신은 육체 속에 풀어져갔다

둘 모두를 혼탁하게 만들며

여덟 개의 원시적인 눈이
독충 같은 나를 붙들었다

휘어지며 다가온 빛도
빛이라고 다그치는

원래부터 백만 개의 어둠이었던 그것은

날개투성이의 내 입에
달콤한 비단을 감아준다

백색왜성

간신히 빛나는 얼굴이 번데기를 삶는다

창문을 닫고 기도문을 삼킨다
나를 빚은 당신을 위한 기침입니다

나비의 발들이 서로 엉키고
늦여름에도 우리가 동상을 입을 때

한해살이풀의 수명을 금년에도 속이고

손바닥을 위로 하고 엎드린 바람이
집 비운 신의 문턱을 쓸어낼 때

죽은 나비; 사랑이 후두둑 떨어진다
스스로 빛나는 순간이 그에게 온다

밤

나라는 나라를 주웠다
넓었지만 이상하게도
자꾸 눈물이 났다

너라는 나라에 닿고서
문이 없는 집
들어가보고 싶었지

그때부터 줄곧
곁눈질로
먼 별을 밝히는 마음

천천히 피어나라

애써 보지 않아도
힘써 듣지 않아도

어느덧 우리를 안고 있던

오월의 밤이 있었지

천일

무기력한 태양의 모습으로 내게 비스듬히 입맞춘다. 이제 나는 글자들에 연결된 사람이 아니다. 미로를 뒤지면서 과거를 펼친다. 우리 이래도 되는 걸까? 스웨덴식 아침식사, 시간이 아스팔트처럼 녹는 시간. 담배를 종이에 놓고 불을 연기에 놓는 푸르른 재 같은 몽상. 교회 그림자가 다락방 속으로 몸을 엎지르는 걸, 공원의 풀이 붉은 덤불가에서 산책을 멈춘 걸 보며 걸었다. 네가 죽은 세상에서, 쉼표로만 된 책을 사러 간다. 모든 점포가 문을 닫은, 식은 커피 같은 젊음: 퍼렇게 물든 공휴일이 발을 멈춘다. 내가 잘 살았던 기억들이 대충 풀려나간다.

언어에 관하여

피
굴
불
물
술
덫
숲
숨
꿈

목성

차를 타고 목성에 가고 있었다
목성은 지름과 질량이 조금만 더 있었다면
항성일 수도 있었다
차창 밖으로 커다란 귀신이 보였다
붉은 것과 노란 것과 아득히 먼 곳에서
전해져 온 원망과 그것과 모든 것이 뒤섞인
거대한 육각형의 태풍

주차된 이륜차를 애드벌룬이 서툴게 껴안는다
중력이 너무 커서 목성에 내린다면
아주 납작한 막이 되고 결국
스스로의 눈을 가려버릴걸

기체가 견고하게 뭉쳐지는 소리
압축자인 목성이 나는 무섭다

죽지만 않는다면
잘 살고 있을 사람들이

목성과 예순일곱 개의 달들에게
택시에 실린 빛을 보낸다
자유를 원하지 않아서

둘이 잤대
잤는데 아니 사랑을 나누진 않았고

흑림 2

숲에 갔었다. 숲에 나무는 없고 네가 떠난 자리만 있었다.
붉은 숲의 안, 하얀 숲의 안. 숲에 갔더니 너는 없고 깃털 빠진
새들이 가지 위에 가득했다. 숲은 이끼로 뒤덮여 있다. 숲에
는 불의 강이 흐른다. 숲은 내 고향이고 내 미래고 거기에 너
는 없고 나무들도 없었다. 숲은 검고 달빛, 앞에 가는 사람의
옷자락만 퍼렇게 번쩍였다. 숲에서 밤의 노래를 부르면 고
개마다 작은 마을이 나타났다. 검은 물 같은, 허연 불 같은 숲
을 건너서 너에게 갔다. 거기엔 마을이 없었다. 나는 쉬지 않
았다.

흑림 1

처음 본 숲에게 불을 놓는 것으로
인사를 대신하듯이
결국엔 너를 찾게 될 거다

그보다 더 좋은 광경이 있을까

이제 나는 숨 쉬는 법을 잊고
끈끈이주걱을 끌어안는다

수건을 쥔 베로니카를 생각하면서

기적의 어감을 잊은 나는
호랑가시덤불에 헝클어진다

눈이 떨어진 채로 진실을 웅얼거린다

열한 번째 여름

여름이었다. 세상의 모든 바람이 한꺼번에 불고 있었다. 여름이었다. 모퉁이마다 검은 머리칼이 자라나고 있었다. 열 개의 여름이었다. 여름 하나, 여름 둘, 여름 셋. 열한 번째 여름이 열릴 때, 내 기억은 사막일 것이기에 바람은 필요치 않다.

여름이었다. 지표가 흘린 땀처럼 나는 눈에 띄지 않았다. 여름이었으니까. 좀처럼 새는 오지 않고, 머리 속에서 매미들이 툭툭 떨어졌다. 꼭 열 번의 여름이었다. 여름 네 번째, 여름 다섯 번째, 밀밭에 앉아 있는 여자 하나를 보았다. 그러고는 안개였다.

여름이었다. 없는 것이 나을 만큼 초라한 마음이었다. 여름에 나는 후추를 갈아서 망막에 뿌렸고 모든 뉴스가 오보였다. 여름이 열 개만큼 늘어선 게 그저 즐거웠다. 여름 여섯… 여름 일곱… 처음으로 가을의 문턱이 보였다. 그 세계의 황금을 잊을 수가 없다.

거기에 없는 여름이었다. 길고 말라버린 세계를 씹으면서,

변두리를 걸었다. 공허한 아름다움이 흐드러지는 이 계절, 주로 상상했고, 단단해진 몸을 대패로 밀면서 지냈다. 늦여름의 벌처럼 휘청거리면서, 아스팔트에 떨어진 꽃술을 더듬으면서. 열매를 맺기에 늦은, 여덟 아홉 열, 짧은 한숨이었다.

여름이다. 열 개의 여름을 다 합친 것 같은 여름이다. 푸른 수영장과, 초록색 눈과, 검은 머리칼, 후추밭, 죽은 꿀벌, 목수의 재앙…

마찰

계속 문질러보고 있었다
얼룩이 있었기 때문이다

너는 숨을 들이마시고
나를 알지 못하고

나는 눈더미에서 햇빛을 훔친다
봄에도 그늘에는 얼음이 남아 있다
붉은 얼룩처럼

나는 숨 외에는 아무것도 아니다
그것이 지나가는 통로가 마침 여기 있을 뿐

숨을 들이마시고
세상들을 전부 지켜본다
아직 잘 붙어 있다 아직

나를 문지르고 있었다

얼룩이었기 때문에

나는 미세하여
사라지는 법을
놓치고 있었다

횔덜린 변주곡 4

헤르타, 만나본 적 없는 헤르타. 네 머리는 옅은 황금이고 네 어머니는 아름다우셨다. 흙을 만지면서 평생을 보내셨지. 그 집의 먼지가 지금도 내 입안을 맴돌고, 우리가 영혼이라고 부르는 창문 아래에서 낮꿈들이 먹물버섯처럼 부풀어 오른다. 젊은 사랑에 우리는 아픔이라는 이름을 주지만 모든 이름은 그저 반창고 같은 것, 연고 같은 것. *Als die Erdichtung des am Werden Leidenden.* ☾ 헤르타 너는 젊고, 나는 낡았다. 헤르타는 항상 젊고 아름답고, 나는 발밑이 무너지는 방식으로만 날짐승이었다. 이 땅에는 없는 음절로 너를 나누어서 세 개의 궤에 나누어 묻는다. 헤, 르, 타. 닫힌 뚜껑 아래로 별빛이 흘러나올 때 너를 사랑했다. 북방의 하늘, 천막들이 별들의 집이 되는 곳에서, 늑대들이 길들임을 찾으며 집짐승을 물어 죽이는 곳에서. 너라는 동굴, 나라는 새; 뿌리가 없는 것들과, 음절들 사이엔 쉼표가 있어서 따뜻했다.

☾ "변화에 고통받는 자가 지어내는 시(詩)" 프리드리히 니체, 1885년 가을부터 1886년 가을까지의 유고 중에서.

횔덜린 변주곡 6

풀잎 하나의 넓이가 너의 이름이다. 너의 상반신이 붉게 불타고 있고 나는 그 안에서 황금을 본다. 그 삶이 끝나기 전까지 축복을 비처럼 내리면서 꺼져가는 거대한 구, 결코 창문이 될 수 없는 마음에 틈을 낸다. 기억한다. 덧없는 것을, 삼키고 죽고 싶었던 약을 닮았던 너를. 그렇게 멀리서 너는 젊었구나, 이렇게 멀리서 나는 늙었구나. 헤르타, 너의 이름을 불러보지만 이름은 있던 것이 없어진 자리만을 울리는 것. 너의 관을 꺼내서 세 번 숨을 들이마신다. 나의 혀가 허무와 교착한다. 닫힌 하늘에 구멍이 나지 않는다. 호흡이 점점 짧아지고, 나는 죽는다. 헤르타, 떨어진 머리를 선반에 올려두고 짐승의 울음을 듣는다. 어두워질수록 너에게 가까워진다는 감각, 뿌리가 없어질수록 빛이 든다는 느낌, 나는 멀리 본다. 이름을 사랑할 수 없었다.

비트겐슈타인

고백록ㄴ

내가 도착한 현실에는 손잡이가 없어
개념을 얻으려면 칼을 써야 했다
손잡이도, 날도 없는 공허한 칼을.

어른들이 말을 처음 배울 때
말을 가리키며 말을 삼키듯이

두리번거리며
눈물을 단어로 바꾸듯이

그렇게 죄를 지었다.

케임브리지, 1949년 가을

너희는 흩어져서 쳐다보거라.

엿들어야 비로소 들리는 음악, 몰래 뻗은 손에만 잡히는
온기, 훔쳐 보아야 보이는 색깔이 있음에 집중하여라
마음의 흰색, 그 불공평한 집중을 흐트리는 데에 힘쓰거라.

있는 것은 옮기고, 옮긴 것은 부수어 없애고,
없애고 나면 참회하거라. 들불에 타 죽은 것이
공기뿐이라도, 슬픔은 양 떼처럼 몰려오는 법이니
번제燔祭의 마음을, 올바른 두려움을 배우거라

내가 일찍이 검고 모난 돌들을, 푸른 물을, 극광極光을
전율하게 하는 모습을, 너희는 보지 못했느냐?

너희는 녹슬지 못하는 빛이 되어야 한다.
부디 크게 굴절하거라.

묻건대, 난자 없이 태어난 나의 아들들아,
가장 투명한 나의 미궁을 보느냐.

내가 너희를 위해 만들어 둔 열쇠들은 모두 똑같이 생겼다.
이는 모든 잠금은 열쇠를 찾으며 울부짖지만
어떤 열쇠는 처음부터 열림을 위해 만들어지지 않았음을
빗댄 것이다.

흰색은 투명할 수 없으며
회색은 불꽃일 수 없으며
벌레의 궤 안에는 벌레가 없으며
마지막 수수께끼란 없으며

매듭을 풀려는 자는 바로
그 매듭의 모습으로 엉키는 것

수많은 모순의 재료로부터
고요한 당연當然처럼 태어나는

짧고 찬란한 내 평화를 보거라.

트리니티 도서관, 1950년 겨울

문을 열거라, 나다
눈 없는 머리통을 횃불처럼 들고
너희들의 밤을 비춰주던 나다

여기에는 산소가 없다.
내 곁에서만 숨 쉬든지, 이곳을 완전히 떠나거라.
하지만 선생님께서는 아프십니다. 무엇을 보시나요?
낡은 종이처럼 산산조각 나시려는, 지금

오래전에 꾸었던 꿈을 본다 – 아니다,
내 몸에 난 상흔들을 만져볼 필요는 없다
이것은 제례의 그을음이 머문 자리,
내 사어死語의 짧은 기록일 뿐이다

너희 눈먼 자 사이에서
너무 오랜 시간을
외눈박이 임금으로 살았구나

사다리들을 내던지는 자
아름다운 절반을 베어내는 자
알렉산드리아의 도서관을 불태우는 자로
나를 기억하게 되리라.

명명하게 지켜보거라,
지혜가 어떻게 몸을 저버리는지를.

☾아우구스티누스.

바실리카타 여행기

1. Policoro

하객들이 우리를 보고 웃는다
아우구리, 아우구리↘

새의 비행을 보고 점치는 자
이곳의 풍습대로

풀을 엮어 담벼락을 세웠다
그랬더니 도마뱀처럼
너는 벽 안에서 꿈틀대었다

삼천 년 전 현자 하나가
바다 건너 화산에 몸을 던졌고
그때의 아레나는 광대했다

2. San Teodore Visconti

연회장의 술잔 안에
낡은 귀신이 살고 있다

숨 막히는 크리스털을 들이켜더니

심장을 수북이 안고서
창문 밖에 서 있다

3. Matera

두 눈은 뽑아
푸른 옷의 성모에게 바치고
심장은 일곱 개의 칼에 뚫린 채로
천 년 전의 인사를 받네

가난에 지친 석회암을 파내다가

언뜻 발견한 아늑한 공동,
눈먼 언어의 집

⌐ Auguri. 이탈리아어로 축하한다는 뜻. '로마의 점술가'를 뜻하는 라틴어 augur에서 유래했다.

meday

the day i was born again. the day i got a telescope without being asked. the day the window was curved like a marble. the day i took a breath and knew i was no longer dreaming. the day i unpacked my water language and found only bubbles inside, there you are, thank you for touching me. the day i forgot the meaning of all words because i was chocking on you. the day i was driven back from the hospital on a vehicle, it was a forest riding on wheels. the day your sharpened words cut off mothertongues and poor suffixes in chunks. the day something entered the room between you and the white sheet like a ghost, your birthday. the day i answered without being asked. the day i saw birds flying into glass towers full of joy. the day i listened to the whisper of the water for one last time. the day i dropped my scales and grew an inward tongue. the day i finally found my lips. the day i was crying out of warmth. the day i was born before i was born.

생일

다시 태어난 날. 묻지도 않고 망원경을 선물 받은 날. 창밖이 둥글게 휘어지던 날. 숨을 쉬어보니 꿈속이 아니라고 알게 된 날. 물속의 언어를 꺼내보니 거품만 가득하던 날. 날 만져줘서 고마워, 라고 말하는 순간 모든 단어의 의미를 한꺼번에 잊어버리고, 나무를 입으로 만지면서 말을 거꾸로 삼키던 날. 병원에서 돌아올 때 아래를 보니 바퀴가 달린 숲에 타고 있었던 날. 날 세운 말들에 어미들이 툭, 툭 잘려나가던 날. 희고 얇은 옷감 사이로 너도 아니고 바람도 아닌 것이 불어오던 날, 생일. 아무도 묻지 않았는데 대답하던 날. 아무도 붙이지 않았는데 이미 빼곡하던 간판이며 새들의 깃털, 날지는 못해도 떨어지는 법은 알던 빛으로 가득했던 날. 물방울의 귓속말을 마지막으로 듣던 날. 비늘이 떨어지고 혀가 생기던 날. 입술을 발견한 날. 좋은 일만 있었던 날. 하루 종일 울었지만 따뜻했던 날. 붉지 않았던 날.

윤회

누군가에게 절을 올리고 싶었다. 누군가를 위해서 지갑을 열고 싶었다. 나를 위해서 걷고 싶었고, 가파른 언덕을 올라가고 싶었다. 온몸을 바닥에 던지고 싶었다. 예전에 수도원에서 지낼 때에도 나는 혼자 십자가에 대고 큰 절을 했다. 그러면 마음이 편안해졌다. 각 종교의 비의는 대단히 신체적으로 이해되어야만 한다. 비의의 전승은 대단한 말이나 의식을 통해서 이루어지지 않는다. 가장 뿌리 깊은 전도는 공기를 통해서 이루어지는 것 같다. 나무 옆에 서 있으면 그 색깔대로 마음이 물든다. 그 줄기가 휘어진 모양이 내가 휘어진 모양이 된다. 우리들의 허리가 휘어지는 것은 나이나 병 탓이 아니라 휘어진 것들 곁에서 우리가 숨을 쉬고 있기 때문이다. 그렇게 생각하면 따뜻해진다.

마찬가지로 내가 누군가에게 절을 올리고 싶어하는 것도 공기의 탓이라고 나는 생각했다. 굽어지는 것들, 작아지는 것들, 그러나 없어지지는 않는 것들 곁에서 나는 태어났고 첫 숨을 쉬었다. 태어나기 직전에도 나는 누군가에게 절을 올리고 있었고, 단지 그것의 이름을 몰랐을 뿐이었다. 나는 왼쪽 옆구리를 지상으로 향하고 무한한 물속에 떠 있었다. 한때 엘

로힘의 숨결이 대지 위에 떠 있었듯이. 세상에서 내가 승리하던 유일한 시간이었다.

눈을 힐끔 뜨니 밖에서 사람들이 초록색 비닐 그물에 감긴 물체를 향해 절을 연거푸 올리고 있었다. 나가서 보니 절벽 안에 새겨 넣은 부처였다. 공사 중이어서 자신도 돌볼 여지가 없었을 석면불에게 사람들이 과중한 부담을 주고 있었다. 사람들은 절을 하고, 돌부처는 망가진다. 그러면 사람들은 부처를 수선하고, 다시 절을 올리면서, 서서히 파괴한다. 윤회다.

팔 이야기

 나의 오른팔은 금속으로 되어 있다. 전에 있던 팔을 잘라 내고 이식한 것이다. 대부분의 것을 집어 올릴 수 있다. 철근, 철판, 기둥, 세계 등등. 단단하면 단단할수록, 무거우면 무거울수록. 그것에 구멍을 뚫어서라도 집어 올린다.

 나의 왼팔은 항상 거기에 붙어 있었다. 퍼런 핏줄이 힘없이 비친다. 원래 태어나기를 그렇게 태어났다. 무거운 것을 들면 부러진다. 이미 여러 번 부러진 전적이 있다. 예전엔 주로 떨고 있었다. 가느다란 현이 달린 악기를 다룰 수 있었다. 가끔 선잠이 들면 아주 작은 소리로 노래를 흉내 낸다. 나는 모른 척한다.

섬

나는 너와 수화로 말한다
아주 어렴풋하게
우리가 물속에 살았을 때처럼

수중관목숲

빛이 들어올 수 있는
작고 둥근 공간

2부

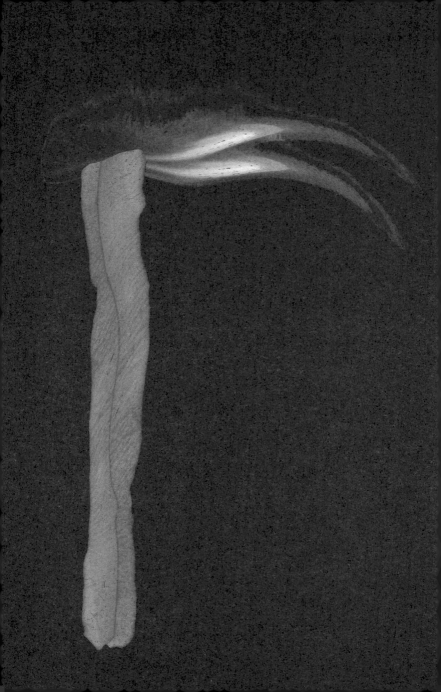

망치의 방

So warf ich dich denn in den Turm und sprach ein Wort zu den Eiben,
draus sprang eine Flamme, die maß dir ein Kleid an, dein Brautkleid:

Hell ist die Nacht,
hell ist die Nacht, die uns Herzen erfand
hell ist die Nacht!

너를 그렇게 탑 속에 가둔 뒤 나는 주목나무들에게 말을 건넸다
쏟아지는 불길은 네 몸을 훑어 신부의 드레스를 입혀주었지

환한 밤이다,
환한 밤이다, 우리의 마음을 지어낸
환한 밤이다!↰

↳ 파울 첼란, 「물과 불 Wasser und Feuer」

#

물속은 아름다운 공간이었다. 가라앉는 동안 분명하게 고독을 느낄 수 있을 때는 없었다. 아직 수영하는 법을 알고 있을 때, 나는 유빙처럼 물속에 거꾸로 떠서 수면으로 떨어지는 빗방울들을 바라보았다. 그럴 때는 어디가 하늘이고 어디가 물속인지 알기 어려웠다. 세계의 두 부분은 분명 서로를 배척하고 있었는데, 내가 둘 중 하나의 안으로 침잠할 때면 둘 사이에 묘한 화해가 일어났다. 창백해진 내가 운동장에 누워 있다가, 돌연 하늘로 떨어지는 동안에도 마찬가지였다. 위를 향해 추락한다는 것. 나 하나의 추락으로 모두가 용서받고, 모두가 화해할 수 있다는 확신이 내게 생겨나고 있었다. 출처없이 다가온 그 관념이 내가 처음으로 얻은 도구였다. 아직 작고 보잘것없었지만, 그것을 손으로 에워싸서 잡으면, 온몸을 흐르는 강대한 권력이 느껴졌다. 아직 어렸지만 알았다. 밤에 자기 전에 하는 생각처럼 어둡고 뜨거웠던 그것, 추운 겨울 주머니 속에서 돌리는 묵주같이 작고 비밀스러웠던 그것의 이름과 쓸모를. 내 첫 번째 망치였다. 하늘과 물 사이에서, 숲과 숲불 사이에서, 어머니와 아버지 사이에서, 완벽한 무지와 완벽한 감시 사이에서, 나와 나 사이에서. 그것은 견고하게 자리 잡았고, 차지한 영토에서 두 번 다시 비키지 않았다.

#

망치와 방과 그것이 있는 집에 대해 말하려면, 우선 그 앞에 파여 있던 수영장에 대해 말해야만 한다. 또한 그 수영장에 대해 말하려면, 먼저 그 수영장의 물맛에 대해 말하는 것이 순서일 것이다. 망치의 방에 대해 내가 말하고자 하는 모든 것의 핵심은 그 물이 주던 위험한 미각에 이미 전부 담겨 있기 때문이다. 기억이 난다. 그 수영장의 물에서는 염소 용액의 맛이 났다. 하루 종일 수영하다 나오면 머리에서도 몸에서도 염소 맛이 났다. 물이 마르기 전까지는 그 지독한 산모기도 몸에 앉지 않았다. 수영장 가의 플라스틱 의자 밑에는 5리터짜리 와인병이 숨겨져 있었고, 그 안에는 둥글고 납작한 염소 덩어리들이 알약처럼 차곡차곡 쌓여 있었다. 하얀 원반

형태의 염소 정제는 꼭 성당에서 보았던 성체만 한 크기로, 들고 있는 것만으로도 온몸이 허옇게 소독되는 것 같았다. 나와 형과 사촌 들이 비오는 날 하얀 원반들을 잔뜩 수영장에 던져 넣으면서, 조용히 앓고 있는 짐승에게 약을 먹인다는 느낌을 받은 것도 그 때문일 것이다. 가라앉은 알약은 시간이 지나면서 수영장 바닥의 허연 얼룩으로 변하고, 곧 물결이 조금이라도 일면 보이지 않게 되었다. 철없는 우리들이 너무 많은 염소 조각을 던져 넣은 다음 날 아침에는 어김없이 개구리들이며 물방개들이 죽은 채로 물 위에 떠올라 있었다. 개구리는 우리에게 수영을 가르쳤지만 우리는 개구리들에게 도망칠 것을 권유하지 않았다. 우리는 물방개에게 자맥질을 배웠지만 우리는 물방개를 잡아서 돌아올 수 없을 만큼 먼 산속으로 던지며 놀았다. 개구리가 흰 배를 보이고 물방개 시체가 물가로 밀려오는 것은 아무튼 수영장이 깨끗하고 안전하다는 의미였으므로 우리는 안심했다. 우리들 중 나이가 제일 많은 형만이 말없이 긴 포충망을 들고 죽은 것들을 물에서 건져냈다. 그런 날, 형은 왜인지 물에 들어가려 하지 않았다.

#

　지금 생각해보면 수영장이 아니었다. 오히려 원래부터 그 자리에 있던 네모난 연못의 바닥을 푸르게 칠한 것이라는 느낌이 들었다. 늦여름에는 수영장 테두리를 따라서 열매가 열리듯 부드러운 잠자리 알들이 자라났고, 사랑을 끝낸 물잠자리들은 깊은 물속에 묻혔다. 여러 그루의 아카시아와 상수리나무는 아주 자연스럽게 이파리와 가지와 꽃과 열매와 씨앗과, 자기 몸에 살던 벌레들을 물 위로 떨구었고, 수영장의 물 역시 아주 자연스럽게 그것을 받아들이고, 익사시키거나 독살하여 바닥 깊이 감추었다. 어느 계절이든 하루이틀만 관리를 소홀히 해도 수영장의 물은 원래의 모습인 연못으로 돌아가려 했다. 소금쟁이와 물장군과 물방개와 물거미 떼가 물속의 무無로부터 탄생하고, 사방의 산에서 개구리들이 기어들고, 헤엄 못 치는 것들의 시체와, 반쯤 썩은 낙엽이 바닥을 뒤덮었다. 그런 날이면 나는 물에 들어가기가 무서워서 염소 조각을 한두 개 매만지며 망설였다. 무엇으로 이루어졌는지도 모를 수영장의 물컹한 바닥을 딛는 일이 두려워서 나는 자주 물에 빠진 아이처럼 허우적거렸다. 갈색으로 변해가는 수영장 바닥에 발이 닿으면, 그 형태 없는 걸쭉함이 나를 그대로 아래로 끌어당겨 삼켜버릴 것 같았다. 믿을 수 없을 정도로 길쭉하고 커다란, 나비가 됐을지 나방이 됐을지 모르는 애벌레가 물에 퉁퉁 불은 채로 떠다니는 것을 본 뒤로 나는 수영할 때 입을 여는 일이 무서워졌다. 몇 년 지나지 않아, 나는 수영하는 법을 완전히 잊었다. 그저 수영장 곁을 따라 걸으면서 이따금씩 약을 던져 넣는 것이 나의 유일한 즐거움이 되었다.

#

해가 지나고 우리들의 나이가 많아질수록 수영장은 우리보다는 다른 생물들의 것이 되어갔다. 수영장은 염소에 내성이 생긴 것들이 그렇지 못한 것들의 시체를 먹고 사는 이상한 물웅덩이로 변해갔고, 나는 점점 더 수영장 자체보다는 수영장과 근처 자연의 관계로 관심을 돌리게 되었다. 밤에 물가로 내려온 노루가 수영장 계단에 앞발을 담그고, 혀를 내밀었다가 이내 다시 도망치는 것을 본 적 있다. 비가 온 뒤에 잠시 투명한 개구리 알이 생겨났다가, 염소 농도가 다시 올라가면 허옇게 변해 둥둥 떠오르던 모습을 기억한다. 산은 끝없이 새로운 물을 수영장으로 흘려보냈고, 우리는 끝없이 물에 독을 풀었고, 지리멸렬한 소모전은 많은 사상자를 낳았고, 생존자들은 더 많은 사상자를 낳았고, 무의미한 전투는 우리가 어른이 될 때까지 계속되었다.

#

수영장의 물은 항상 차가웠다. 온통 여름의 황금빛으로 물들어 있을 때에도, 수면만 살갗처럼 따스할 뿐, 그 아래는 얼음 같았다. 튜브에 몸을 끼우고 수영장에 떠 있으면, 가슴 아래로 깊이를 알 수 없는 해구가 자리하고 있어서, 내 벗은 다리를 향해 입을 쩍 벌리고 기다린다는 느낌이 들었다. 수영하는 일에는 죽음 앞에서 재롱을 떠는 일처럼 허무한 데가 있었다. 나를 감싸고 있는 푸르고 차갑고 사랑을 모르는 것, 내 체온을 빼앗아 죽음에게 안기는 것, 언젠가는 내 몸이 가닿을 차가움을 미리 전부 보여주는 것, 하지만 동시에 그 무서움을 잊게 해주는 반나절어치의 햇빛이, 바람 없는 오후가 있었다. 그런 거짓말 가운데에는 짜릿한 쾌감이 있었다.

　높게 자란 아카시아 나무 두세 그루가 수영장 위로 굽어 있어서 계절에 따라 그늘과 꽃과 이파리를 던져주고 있었다. 아카시아 가지가 수면에 떨어지는 일이 자주 있었다. 그 동글동글한 잎사귀들은 수영장 바닥에 과장된 듯 거대한 잔영을 남겼다. 얼룩 같은 그림자 자욱은 잎사귀를 걷어낸 뒤에도 오래도록, 때로는 몇 년씩이고 그곳에 남아 있었다. 세상은 아주 작은 일에도 크게 멍들었다. 모든 것을 증폭시키는 수영장을 통해서 그렇게 되고 있었다. 무심결에, 나도 무언가가 떨어지면서 남긴 멍자욱일 거라고 생각했다. 나를 만든 것은 무엇일까, 나를 꼭 닮은 무언가는, 내 형상을 본뜬 원형은 필연적으로 양각이겠지. 나는 가짜이고 싶었고, 내가 회복한다는 것은 진짜 내가 옅어진다는 뜻일 거라는 생각을 했고, 끝없이 회복하는 거품 같은 내 안의 생명을 나는 마음 깊이 미워했다.

#

수영장을 만든 것은 이웃집 남자였다. 그의 이름을 우리는 들어본 적이 없지만, 굳이 말하자면 그의 이름은 남자다. 사연은 모르지만 그는 시골로 내려와 자기 손으로 전원주택을 지었고, 집 안에 망치의 방을 마련했다고 했다. 남자는 사실 명문대 출신이라는 소문이 돌았다. 그런 소문이라도 없었다면 그의 괴벽을 이해하기는 어려웠을 것이다. 난방이라고는 벽난로밖에 없는 집에서, 비싼 참나무를 트럭째로 들여와서 일일이 도끼로 쪼개서 불을 때며 겨울을 나는 그의 모습은 지나치게 생소했다. 지내기에 춥지 않느냐고 하면 그는 이 집에는 냉장고가 필요 없다면서, 실제로 연중 평균 온도가 냉장고보다 낮습니다, 라고 말하며 껄껄 웃었다. 언젠가 들어가 본 그 집 거실 바닥에는 항상 타다 만 땔나무 조각이 굴러다녔고, 모든 가구에는 연기가 깊게 스며들어 끈적하고 매캐했다. 썩지 못하는 생명이 훈제와 부패 사이에 머무는 집이었다. 남자는 일 년 내내 거친 천으로 만든 셔츠와 청바지만을 입었고, 손에는 항상 도끼나 망치 같은 물건이 들려 있어서 뭔가를 부수거나 쪼개며 다녔다. 심지어 남자가 무언가를 만들어낼 때도 그 창조의 본질이 파괴라는 느낌을 결코 지울 수 없었다. 예를 들어 새집을 만든다고 쳤을 때, 한 실용적인 물건의 완성이라는 측면보다는, 자연적인 재료를 부수고 굴복시키는 과정 자체에 작업의 초점이 맞추어져 있었다. 작업에 있어 남자는 창조자나 예술가라기보다는 고문 기술자였다. 나무라는 재료는 그의 작업실에서 어떤 미적 이상에 가까워지는 것이 아니라, 쇠속에 갇혀 비명을 지르고 수액을 흘리고, 결국 모진 고통을 이기지 못해 제품에 새집으로 변절해 나오는 것 같았다. 예, 나는 사실 나무가 아닙니다. 원래부터 나는 새집이었습니다. 나는 가끔 남자의 작업장에 몰래 들어가서 거짓 자백 같은 톱밥 냄새를 맡았다. 그럴 때면 날카로운 회전날이 나를 노리는 것 같은 이상한 공포를 느꼈고, 외로운 날에는 그 공포를 즐겼다.

#

이런 면에서 보면 남자가 집 안에 망치의 방을 지은 것과, 집 앞의 땅에는 수영장을 만들어낸 일과, 내가 느낀 비밀스러운 짜릿함, 이 모두가 지극히 당연한 일이었다. 뒷산으로 이어지는 길목에 시퍼런 페인트 색의 물덫을 위치시킨 것 자체가 자연에 대한 선전 포고였고 체포 명령이었다. 내가 그 청청한 염소물에 몸을 담그고, 오로지 순교하기 위해 그곳으로 들어오는 생물들을 혐오하는 법을 배운 것도 아마 그런 톱날 같은 쾌감에서 기원한 것이 아닐까. 그 수영장의 물에서는 진한 염소 용액의 맛이 났다. 나는 그것을 똑똑히 기억한다. 나는 죽음 곁에서 죽지 않고 서 있었고, 부패의 곁에서 썩지 않고 살았다. 당신이 그것을 뭐라고 이름 짓던 간에 그 맛을 나는 잊지 않는다.

#

수영장이 원형적인 장소였다는 것은 확실하다. 그것은 사물의 본질에 관한 깊은 통찰을 내게 주었는데, 바로 만물의 부패 가능성에 대한 통찰이었다. 흐르는 것은 멈추고, 멈추는 것은 썩는다. 지금은 멈추지 않더라도 언젠가는 멈춘다. 우리는 썩기 직전의 물에 몸을 담그고 있다가, 어스름이 걸릴 때

쯤 물에서 슬쩍 나와 반쯤 부패한 몸을 모닥불에 그슬린다. 구조 없고, 헝클어지고, 비위생적인 것들이 오감을 장악했고, 우리는 마침내 문드러진 근본을 가지게 되었다. 적어도 나는 그렇게 느껴왔다. 나의 몸은 거의 냄새로만 이루어져 있는 것 같았고, 작은 바람에도 존재가 전부 흩어질까 무서웠다. 나는 눈으로만 이루어진 것 같았고, 어둠 속을 응시하면 이상한 패턴들이 나타나서 시야를 장악하고 내 머리를 움켜쥐었다. 나는 귀로만 이루어진 존재여서, 모든 소리는 시공의 경계를 뭉그러뜨리면서 나를 강타했다. 떨림이 있었고, 흔들림이 있었다. 내가 있었다.

♭

이런 식으로는 망치의 방에 대해서 이야기할 수 없다. 훨씬 더 먼 곳에서 시작해야 한다. 훨씬 더 지독하게 길을 잃은 다음에 시작해야 한다. 그러면 비로소 스쳐 지나갈지 모른다. 너무 큰 빛을 보면 시야에 남는 얼룩처럼 그렇게. 시야 위를 일렁이는 맹점처럼 그렇게.

#

　그날 나는 울지 않았다. 벌써 몇 년 동안 바다를 본 적이 없었고, 나의 마음은 벽돌들로 가득 차 있었기 때문이다. 그날 나는 알렉산드리아의 도서관을 불태웠던 자처럼, 정신 나간 사람처럼 울었다. 내가 읽었던 모든 죽은 사람들, 내가 사랑했던 모든 뜨거운 문장들을 견딜 수가 없었기 때문이다. "우리 독일에서는 책을 태우지 않는다." 독일어 선생님이 나를 바라보면서 했던 말이었다. 하지만 숲속에서 태어난 사람이 무엇을 알겠는가. 모든 나무들이 불타버린 채로 세상에 태어나는 곳에서, 겨울마다 침엽수의 얼굴이 하얀 재로 뒤덮이는 곳의 사람이 무엇을 알겠는가. 나로 말할 것 같으면, 봄의 발걸음을 세고 있었다. 낙수 소리를 그리워하고 있었다. 변화하는 바람을 사랑했고, 이유 없는 실연을 생각하고 있었고, 검은 머리칼이 세상을 뒤덮는 환상을 보고 있었다.

　우리는 서로의 몸을 엮었다. 침대 위에 격자무늬가 나타났다. 나는 망치를 떠올렸고, 눈앞을 하나씩 부수기 시작했다. 눈앞 하나, 눈앞 둘… 숫자를 세는 것은 의식의 한 부분처럼 소중했다. 우리는 너무 얇았기 때문에 찢어질 수도 있었다. 눈앞이 모두 없어지고 나서 서로의 암흑 속에 파묻혀 있던 느낌. 아무도 웅크리는 법을 가르쳐주지 않았기 때문에 혈액은 회전하지 못하고 아무렇게나 떠돌았다. 너는 나를 미화해서는 안 돼. 눈앞이 말했다. 네가 나를 침해했고 미로에 가두었다는 것을 기억해. 사실을 기억해. 나는 눈앞에게 말했다. 나는 기억해, 너는 아름다운 근육을 가지고 있고, 너는 숨을 쉬었던 적이 있고, 너는 물을 좋아하지….

그날 저녁 우리는 시장에서 고등어를 샀다. 터무니없이 비쌌고, 터무니없이 신선한 눈깔을 가지고 있었다. 네 시야는 어떤 패턴의 격자일까, 너의 눈 속에 레몬을 뿌리면 참을 수 없이 슬퍼질 텐데. 우리는 고등어를 토막 내서 튀겼고, 서로가 아주 멀리 떨어진 유배지에 갇혀 있다고 상상하면서 레몬즙을 삼켰다. 눈을 가리면 그곳이 바로 별들 한가운데야. 나는 이렇게, 너는 아무렇게나, 너는 여기, 나는 여기, 모두 각자만의 여기에, 모든 시간은 지금. 아가미가 있었다면 너희들은 공기 대신 피를 흘렸을 텐데, 안타깝게도 그런 일은 벌어지지 않는구나, 나의 망치가 속삭였다.

b

너를 기억하는 일과 망치의 방을 찾는 일은 하나다. 망치
로 허공을 쳐서 너를 깎아낸다. 망치로 공기를 쳐서 너의 체
취를 강탈하고, 6차원으로 이루어진 슬픈 너를 안는다. 여섯
갈래로 뭉게뭉게 피어오르는 너라는 구름. 나는 구름을 사랑
했다. 헛되었다. 나는 헛것을 사랑했다. 나는 사랑했다.

#

완전한 것은 없지만 나는 찾았다. 어떤 책이다. 너는 먼지
를 보지 말고 그 너머를 보라고 권했다. 나는 완전한 것을 찾
았기 때문에 투명한 겨울날로 변해가는 책장을 손에 쥐었다.
일곱 개의 다리를 달리면서 다가닥, 다가닥, 움직이는 흑마가
있었다. 꽃처럼 피어나는 백인 소녀의 상처를 펜 끝에서 들여
다보는 신관이자 의사이자 변호사인 짐승이 있었다. 머리가
없는 짐승이. 세상에 완전한 것은 없지만 나는 일곱 문장 안
에 모든 것을 말해주길 바랐다. 관 속에서 일곱 개의 별을 쳐

다보도록 뉘어진 남자들이 세운 규칙이다. 머리칼로 짠 이불을 덮고 지내던 늪가의 남자들이 세운 소원이다. 별안간 날아드는 혜성 같은 주어에 혜성 꼬리 같은 술어가 달려 있기를. 앞이 뒤를 얻기를. 완전하기를. 나는 찾았고, 누웠고, 찾지 못했다. 어떤 책은 별먼지가 아니지만 그래도 빛났다. 나는 오랫동안 그래도를 쳐다보았다. 아침에 바라보는 비석처럼. 그 페이지에서 사랑을 옮겨 적고, 물처럼 고인 모래 위를 걸어보았다. 끝없는 아래를 향해서 몸이 갑자기 낙하하지 않았다. 망치를 깜빡 두고 나온 날이 있었다. 남자를 생각하지 않은 날이 있었다.

#

나는 꽃을 비방해보았다. 나는 푸른 물을 퍼내서 몸에 끼얹어보았다. 권태감은 봄의 결을 따라서 바람의 살을 도려내고 있었다. 모든 것은 항상 같았고, 모든 것은 변화하는 법이 없었다. 모든 사람들은 시로 말했고, 나는 음악에 눈이 먼 사람이었다.

톱밥이 휘날렸다. 나무가 향기로운 즙을 흩뿌렸다. 나는 이렇게 신선한 것에서 불길이 솟을 것이라고 상상할 수 없었다. 형, 불이란 건 대체 뭐야? 불은 썩는 것과 같아. 단지 모든 일이 아주 빠르게 일어날 뿐이지. 시야가 온통 붉었다. 느린 불, 아주아주 느린 불꽃이 보이지 않는 중심을 감싸고 회전하는 모양이 날쌘 물고기의 몸 같았다.

도끼의 날이 잘 갈려 있었다. 순식간에 퍽, 나무둥치에 박혀버렸다. 내 힘으로는 빠져나오지 않았다. 커다란 망치를 들고 포물선을 그리면서 휘둘렀다. 온 마음이 쐐기가 되어 한번에 아래쪽을 향해 떨어졌다. 나무는 자신의 반쪽과 헤어졌다. 툭, 과거에서 내가 떨어져 나오는 소리를 들었다.

#

천천히 해, 라고 말해주고 싶었지만 너무 늦었다. 나는 너무 느렸고, 음속보다 빠른 속도로 너에게서 멀어지고 있었기 때문이다. 그리고 어느 날 갑자기 너를 이해하게 되었다. 너를 이해했다기보다, 너의 의미를 이해하게 되었다. 너를 감싸고 있던 빛을, 그 뒤편에 있던 아주 견고한 흑체의 비밀을 이해하게 되었다는 것이다. 이해하지 못하는 것들을 나는 얼마나 오랫동안 강바닥에 내던져두었는가. 하지만 썩지 않는 것은 결코 썩지 않는다. 굴절에 따라 다른 빛을 내보내면서, 뭍으로 나올 날을 기다릴 뿐이다. 시간의 속도를 느끼면서, 나는 강물의 흐름에 현기증을 띄워 보내고 있었다. 손잡이가 없는 현실에서 나는 눈먼 짐승처럼 어떻게든 살아왔다. 손에 잡히는 즉시 증기로, 끈끈한 수액으로, 나무에 갇혀 있던 혼령으로 변해서 흩어져버렸다. 세계의 뼈, 나는 그걸 보고 싶었다. 한 번이라도 그것을 어금니 사이에 끼고 턱을 뒤흔들고 싶었다. 노래가 하고 싶었다.

북극권의 어떤 가수는 마이크 하나, 기타 한 대만 가지고 앨범 하나를 녹음했다고 한다. 석 달 동안 밤이라서 더 쉬웠을까. 아니면 소리가 허옇게 어둠을 떠도는 것 같지는 않았을까. 나에게도 기타가 있었다. 기타가 아름다운 이유는 가운데 뚫려 있는 구멍으로 빨려 들어간 소리가 어디로 가는지 아무도 모른다는 점에 있었다. 사라지고선, 아무 말도 없이 사라지고선, 나머지는 그저 듣는 사람의 몫이었다. 혼자 있을 때보다 기타와 함께 있을 때 더 외로웠다. 없어진 너는 블랙박스 같았다. 백일 째 뜨지 않는 해 같았다. 내가 물건을 던지고, 유리창을 공기로 착각하고, 너는 몸을 홱 돌려 눕고. 하지만 나는 던지지 않았고 너도 실은 움직이지 않았다. 그때 내가 어디로 가고 있었는지 이제는 알게 되었다. 간다는 게 무엇인지 이해하기 시작했다.

♭

나는 망치를 챙겨 들었다. 휘두르면서, 힘이 빠질 때까지 휘두르면서, 해가 뜰 때까지 휘두르면서. 그게 내가 잠을 자는 방식이었다.

#

수십 그루의 주목나무들은 순식간에 쓰레기가 되어 땅바닥에 쓰러졌다. 남자는 비닐 끈을 가져다가 한 번에 몇 그루씩 마구잡이로 얽었고, 끈을 어깨에 걸고 질질 끌면서 비탈을 내려갔다. 그러고서는 미리 물을 빼둔 수영장에 죽은 주목들을 남김없이 처넣었다. 마지막 몇 그루는 봉긋한 산처럼 수영장의 푸른 경계 위로 솟아 있었다. 야만인이 아름다운 죄인에게 주는 봉분이 완성되었다. 테텔레스타이, 모두 이루었다. 약간의 흙을 위에 뿌려두기만 하면, 얼마 지나지 않아 이 위로 칡넝쿨이 무성하게 될 것이고, 수영장의 존재도, 숲의 존재도 완벽하게 잊혀질 것이었다. 여기에 몸을 담갔던 자들은 모두 헤엄치는 법을 잊게 되리라. 나무의 무덤에서 저주의 말이 흘러나왔다. 여기에 몸을 담갔던 모든 자들은 건강이 무엇인지 잊게 되리라. 오늘 톱을 당겼던 자들은 영원히 멈추지 않는 톱날로 인해 다시는 대지와 이어지지 못하리라. 이 톱날은 연료도 없고 모터도 없어서 그 날카로움에는 끝도 없고 자비도 없으리니, 이빨이 모두 빠지고 연골이 모두 문드러지는 날까지 멈추지 않으리라.

#

멍청해지면서, 참을 수 없을 정도로 멍청해지면서, 나는 나약함을 참았다. 공기가 무거워지고 중력이 거세어지는 느낌. 개방되고 싶지 않은 어떤 것이 내 안에서, 그 오래된 문을 열어젖히려는 나에게 대항하려는 것을 알고 있었다. 첫 번째 숨을 내쉰 이후로 나는 그것에 몸을 내어주었고, 첫 번째 굳은 음식을 먹은 이후로 그것에 마음을 내어주었다. 나의 거의 모든 부분은 그것이 가져갔다. 그것이 만지는 부분마다 한낱 부분이 되었고, 영역과 구역으로 분할되었고, 망쳐졌다. 망쳐진 나를 바라보면서 사람들은 꽃을 피웠다. 웃음과 눈물과 악수와 포옹과 입김과 바람을 안겨주었다. 꽃을. 문 밖에 쫓겨난 채로 몇 년을 바람에 쓸려다녔다. 그러다가 어느 여름, 수백 번도 더 건넌 본관 앞의 횡단보도를 건너는데 갑자기 알 수 있었다. 그것에게 내 모든 걸 다 내어주면 다 얻을 수가 있다. 나는 멍청하게, 참을 수 없고 견딜 수 없고 머리가 터져나갈 것처럼 멍청하게, 횡단보도 위에 멈추어 섰다. 차들이 나를 향해서, 나로부터, 멀어지고, 가까워지고, 서로를 깔아뭉갰다. 어지럽던 소음들이 한순간에 모두 멈추었다. 더 이상 나약함은 나를 참지 않았던 것이다. 더 이상 버릴 꽃이 없었고, 그래서 거리가 별안간 만발했던 것이다.

내가 살던 도시 전체에는 단 한 그루의 자목련이 있었다.
예전에 어떤 귀족이 살았던 집 뜰에, 강대하고 사치스럽고 영
리한 사람들이, 검은 양탄자를 타고 집을 떠나버리기 전에 심
은 것이었다. 열 번의 봄이 오고 다시 가는 동안, 나는 저택 앞
을 지나며 자목련의 봉우리가 열 번 열렸다가 맺히는 것을 보
았다. 그러면서도 내가 변화를 이해해지 못했다고 말한다면
그건 멍청한 말이다. 그렇다고 이해했다고 말한다면 자목련
을 제대로 지켜보지 않은 사람이다. 내 안에서 열 번의 자목
련이 개화하고 갈색 즙이 되어 뿌리가 있는 곳으로 돌아가는
동안, 나는 그것을 지켜볼 용기가 없었다. 나는 매만지고 있
었으며, 까탈 부리고 있었으며, 쓰다듬고 있었으며, 맞춰보고
있었으며, 떼어놓고 있었으며, 덮어놓고 있었기 때문이다. 모
든 일에는 다 이유가 있었기 때문이다.

♭

　　망치의 방에 대해서 아는 것을 모두 말할 생각이다. 망치
의 방에 대해 내가 모르는 것도 역시 모두 말할 생각이다. 남

김없이 말하고 나면, 말이 놓인 자리에 망치의 방과, 그것을 둘러싼 망치들이 있게 될 것이다. 그러고 나서 망치를 하나씩 건드리면서 하나의 화음을 찾을 생각이다. 생각이다. 망치가 곧 생각이다.

#

너를 읽으면서 눈이 먼다는 느낌이 들었다. 이미 나는 완전한 어둠을 선물 받았는데, 이미 멀어 있는 나의 두 눈이 점점 더 멀어지고, 점점 더 장님이 되고, 이내 가장 멀어서 소리마저도 닿지 못하는 장님이 된다는 느낌. 탑 속에 갇혀서 생을 마감한, 미쳐버린 시인의 목소리가 들리는 듯하다. 오이디푸스 왕은 어쩌면 봄이 지나치게 많아 세 개의 눈을 가졌구나. 고환암에 걸려서 희미한 미소를 머금고 죽어버린 철학자의 말이 떠오른다. 아, 비록 이 장님들 틈에서 내가 외눈박이 왕 노릇을 할지라도… 비록… 비록… 이다음에 무슨 말을 하고 싶었을까. 나는 눈이 멀기 위해서 가장 광채로 어우러진 책을 읽었다. 결국 설맹이었다. 과연 사람이 자신의 눈을 세기 위해서는 몇 개의 눈이 필요한가? 몇 개의 손으로 어루만져야 너의 입은 열리는가? 알 수가 없다. 알 수가 없어서 나는 기쁘고, 알 수가 없어서 나는 안도한다. 알려고 부던히 노력했음에도, 몸통을 벽에 수없이 부딪쳤음에도, 아무것도 알지 못하는 채로 끝나는 하루는 청결하다. 죽은 철학자가 속삭인다. 몸 곳곳에 생긴 멍들은 이 발견의 가치를 알게 해준다. 멍자욱들은 몇 세대가 지나면 홑눈이 되고, 또 몇천 세대가 지나면 겹눈이 되고, 몇억 년이 지나면 투명한 안구가 될 것이다. 몇 억겁 후, 푸른 들판에서 힘차게 뛰어가는, 온몸이 눈인 생명체를 본다.

#

　말로 하기 어려울 정도로 뒤엉켜 있었다. 뒤엉킴의 본질은 스스로를 얽는다는 점이며, 그것의 부차적 형질은 타자를 옭아맨다는 것이다. 수영장 뒤의 비탈에 내려갔다가 넝쿨이며 가시나무 사이에 완벽하게 뒤엉킨 나는 이렇게 생각했을 것이다. 어차피 앞으로도 갈 수 없었고 뒤로도 갈 수가 없었으므로, 나는 시야의 절반을 가리고 있는 뒤엉킴에 약간의 현기증을 느끼면서, 나머지 절반에 나타난 벌판을 바라보았다. 벌판 전체가 뒤엉켜 있었다. 길도 뒤엉켜 있었고, 너저분한 비닐하우스도 뒤엉켜 있었고, 작물과 잡초가, 쓰레기와 세간이 뒤엉켜 있었고, 햇빛과 악취가 뒤엉켜 있었고, 내가 세상과 뒤엉켜 있었다. 이미 가을이 되어 대부분의 식물은 시체였지만, 그렇다고 해서 뒤엉키려는 경향을 잃지는 않았다. 오히려 반대로 말라가면서 더 모질게 뒤엉키고 더 잔혹하게 얽어맸다. 나는 햇빛의 냄새를 맡았다. 그것은 말라가면서도 끝까지 덩굴손을 놓지 않으며, 인간들이 지어놓은 것을 한 뼘이라도 더 지하로 끌고 가려는, 모든 기둥과 들보를 조금이라도 쓰러트리려는 집요한 자연의 냄새였다. 그 냄새는 풀이기도 했고 벌레이기도 했고 고라니의 시체이기도 했고 부패이기도 했고 생장이기도 했고 물이기도 했고 빛이기도 했으며, 땅과 하늘에서 동시에 나와서 내 앞에서 찬란하게 몸을 비비며 현실을 일구는 어떤 것의 이름이었다. 어렸던 나는 자연의 편이었을까, 인간의 편이었을까? 헝클어진 마음속에서 몇 가지의 것들은 무너지고 지하로 돌아갔지만, 몇 가지의 것들은 오히려 날카로워지고, 단단해지고, 금속이 되었다. 금속의 편에는 또한 말이 있었다. 마음속에서 몇 조각의 무언가가 뭉쳐지고 가슴과 목 안에 깔깔하게 걸린 단단한 무언가가 되었다. 나는 떨리는 목소리를 뻗어 아버지를 불렀다. 금속이 몸을 떠나면서 나의 내부에 생채기를 냈다. 금속이 아버지를 조금 베어냈다. 평생 느끼게 될 상처였다. 철기 시대의 아버지가 큰 칼로 넝쿨을 치면서 성큼성큼 다가왔다. 나의 지하는 그림자 속으로 몸을 숨겼고, 나의 금속은 그 칼을 향해서 뭉근하게, 배고픈 자석처럼 당겨졌다. 밥을 먹지 않았는데도 힘이 났다.

#

　빛나는 밤이다. 주목나무들이 불타면서 노래를 부르고 있었다. 우리는 모두 불가에 둘러앉아서 화염을 따라 시선을 이리저리 움직이고 있었다. 시야에 화염 아닌 것은 암흑뿐, 거울처럼 투명해진 화염은 우리의 얼굴을 비추고, 우리의 생각을 비추고, 우리의 혼을 비추었다. 혼이 낱낱이 펼쳐지는 길이 곧 불길이었다. 주목나무 이파리는 침엽수답지 않게 두텁고 제 안에 물을 머금고 있어서, 불길 속에서 타닥타닥 소리를 내면서 터졌다. 한 번의 보잘것없는 파열음은 이파리 하나가 모든 것을 버리고 대신 택한 말이었다. 불똥이 사방으로 퍼졌고 우리의 마음도 어둠 속으로 터져나갔다. 그것은 결국 아무것도 밝히지 못하지만, 한순간 밝기 위해 기꺼이 죽음과 재 속으로 몸을 던지는 것들의 마음이었다.

　등 뒤편의 어둠 속에서 무언가 우리를 향해 오고 있었다. 베어낸 주목나무 숲, 잘려나간 밑동들과 톱밥이 향기로 말하는 무덤, 눈 없고 흐린 식물의 기억만이 맴도는 그곳에서, 온갖 벌레들이 나와서 우리를 향해 기어오고 있었다. 실향민인 그들, 숲을 떠나서는 생명을 알지 못하던 작고 더럽고 하찮은 그들이 불길 속으로 날아들고 있었다. 그들의 혼은 원래 서늘한 이끼였지만, 남자가 숲을 베어버린 후에, 그들의 혼은 뜨거운 불이 되었다. 그들이 날아들면서 안쪽으로 이는 불똥의 소용돌이를, 주목이 터지면서 밖을 향한 회오리를 만들어냈다. 빛나는, 빛나는 밤이다! 올 것은 오고 갈 것은 가고 있었지만, 빛은 오지도 가지도 않고, 그저 어둠 속을 우두커니 가리킬 뿐이었다. 나는 그 어둡고 빛나는 밤의 손가락을 오래도록 바라보았다.

#

있지, 잠결에 한국말이 들려왔다. 언제 거기에 한번 데려다줘. 나는 잠이 덜 깬 상태로 그녀의 얼굴에 어른거리는 빛에 취하고 있었다. 어디. 거기. 수영장이 있었다는 그 집. 보고 싶어. 다시 들으니 한국말이 아님을 알았다. 입속에서 이름 없는 말이 부서지면서 흘러나오려고 했다. 눈이 눈물을 참듯이, 상처가 출혈을 참듯이, 나는 억눌렀다. 나는 마음속에서 울렁이면서 흐르는 것을 거슬러 둑을 쌓았다. 나는 축조하고, 건설하고, 잠든 사이에 쌓인 모래톱과 강변의 오래된 나무들을 모조리 쓸어버렸다. 지평선에 바벨이 하늘을 향해 도약하다가 다시 좌절되는 것이 보인다. 바벨이 있던 자리에 폐허가 생기고 폐허가 있던 자리에 구릉이 생기고 구릉이 있던 자리에 메아리가 울린다. 산등성이에 촘촘하게 돋아난 귀들을 모두 깎아 없앤다. 큰 바람을 일으켜서 시간의 강을 전부 비워내고, 순식간에 석기 청동기를 지나 철기 시대에 도달한다. 그러는 동안 수백 수억의 생명이 늙고 다치고 병들고 싸우다가 죽었다. 돌로 된, 구리로 된, 철로 된 망치가 다시 손에 들어왔기 때문에, 나는 다시 주인이고 세상은 노예였다. 아직 찰나가 끝나지 않았기 때문에 늦지 않게 대답할 수 있었다. 그래, 꼭 그렇게 하자. 완벽한 외국어였다. 완벽한 표정이었다. 잠으로는 없어지지 않는 피로가 느껴졌다.

#

기쁘지 않았다. 나쁘지 않았다. 너의 털을 쓰다듬었을 때, 별은 떨어지지 않았다. 너에게는 두 눈 사이에 또 하나의 눈이 없었다. 눈이 없는 빈자리에 나는 입술을 가져다가 맞추었다. 열리지 않았다. 감춰지지 않았다. 차가운 이마로 밤은 우리에게 무언가를 웅얼웅얼 말해주려고 했다. 잠은 아주 얇은 실타래처럼 우리를 옭아매었다. 우리는 떨어질까봐 겁이 났다. 영영 떨어지지 않을까봐 겁이 났다.

#

가슴을 만지면서 마음을 허물어간다. 언덕처럼 솟아오른 마음을 뭉개고 빛이 누렇다. 태양이 어디에 있는지 알 수는 없지만 나는 가슴을 만진다. 따뜻한 쪽을 향해서, 지하를 향해서, 옷을 한 겹씩 벗고 어둠을 한 꺼풀씩 입는다. 아래로 내려갈 때 엽록소의 기억을 전부 고이 접어서 문 앞에 두었다. 가슴을 만지면서 문이 닫힌다. 전부 일그러진 마음이었던 것이 몸이었던 것 사이에 남아 있다. 가슴이 나를 만지면서 중심을 향해 내리누른다. 빛이 완전히 사라졌고 나는 바깥과 안의 구분이 없다. 따뜻한 맥박만이 나를 감싼다. 가슴을 없앤 것은 가슴이다. 빛 없는 꿈이 시작되려고 하고 있다.

♭

말하기 위해서, 우리에게 말하기 위해서, 이 모든 것이 있다. 나무는 우리에게 나무라고 말한다. 바다는 우리에게 받으라고 말한다. 밤은 우리에게 별이라고 말하고 눈을 감는다고 말한다. 하늘은 우리에게 늘 하나라고 말하고 둘인 적이 없다. 땅은 우리에게 딛으라고 말하고 누우라고 말한다. 자라는 것들은 자라고 말하고 잠든 우리를 지켜보며 푸른 눈을 뜬다. 빛나는 것들은 우리에게 그림자라고 말하고 마음속에 그려진다. 피는 우리에게 흐른다고 말하고 자기들끼리 뛰어다닌다. 아픔은 아프다고 말한다. 아프다. 우리는 서로에게 여기라고 말하고 테두리가 되어서 바깥과 안을 동시에 바라본다. 나는 아무것도 없는 곳에 이르러 아, 라고 말하고 머리를 매만진다. 너는 이쪽을 향해서 말하고 그 소리가 희미해서 잘 들리지 않는다. 길고 긴 길은 시간처럼 생긴 목을 치켜들며 말을 하지 않았다. 있음은 그대로 있다고 말하지만 이미 없어졌다. 없음은 말을 모르지만 모두 그 말을 알아들었다. 말은 이렇게 말한다. 메아리밖에 없는 골짜기에서 메아리가 스스로를 말하듯이 그렇게 울리면서, 우리를 울린다.

#

　　사실 남자는 주목나무들을 빈 수영장에 처넣지 않았다. 주목나무들은 베인 그 자리에 누워서 그대로 바싹 말라갔을 뿐이다. 단지 습기의 반대쪽을, 푸름의 반대쪽을 향해서 성장을 계속했을 뿐이다. 시듦을 향해서 피어나기를 멈추지 않았을 뿐이다. 그저 부패를 향해서 싱그러워졌을 뿐이다. 삶을 거스르고 죽음을 독려하는 그런 힘이 주목나무에게는 있었다. 아름다움이. 땅이 팔리던 날 남자는 바로 레미콘을 불렀다. 때는 2월이어서 수영장까지 이어진 가파른 간이도로가 빙판이 되어 있었다. 레미콘의 바퀴는 계속 컹컹 소리를 내면서 헛돌기만 하고, 레미콘 기사의 얼굴은 짜증으로 찌들기 시작했다. 커다란 무쇠솥을 안은 그림자가 집 밖으로 나와서 펄펄 끓는 물을 한바탕 비탈길에 퍼부었다. 그러기를 몇 번 반복하자 어마어마한 수증기가 시야를 남김없이 가렸다. 아래에서 위를 향해 뜨거운 봄비가 내리고 있었다. 주변의 모든 풀과 나무는 급하게 찾아온 봄에 몸서리를 치고, 지면 너무 가까운 곳에 위치한 나비 번데기 하나가 꽃가루 같은, 바람 같은 미래를 안은 채로 딱딱하게 익어버렸다. 너무 일찍 스스로를 박제하기 시작하는 유년은 그 모습을 보고 배울 점이 있었을까. 레미콘의 바퀴가 컥컥, 콘크리트 노면에 박히는 소리가 들려오고, 겨울잠에서 깨어난 몇 마리의 청설모가 수영장 주위를 불안하게 뛰어다녔다. 그들은 자신들이 사라지는 한 세대의 집요한 수호자인지, 다음 세대의 불안한 선포자인지 알지 못했다.

#

수영장은 회색의 액체로 가득 찼다. 드디어 그 끔찍스러운 공동이 메워졌던 것이다. 드디어 사람들은 걱정이 없어졌다. 마침내 불안의 마지막 끈이 끊어졌고, 마지막 환희의 불이 꺼졌다. 등 뒤에서 철문이 쾅 하고 닫혔고, 폐쇄는 최종적이었다. 순간 사람들은 갑자기 몸에 넘쳐흐르는 힘을 느꼈다. 무엇이든지 할 수 있음을 느꼈다. 시멘트는 수영장을 전부 채우고도 남아서 모서리를 넘어 주변으로 흐르기 시작했다. 사람들은 이러한 징조에 흡족한 웃음을 지었다. 그 후로 며칠이나 시멘트는 스스로를 굳히면서 열을 냈다. 추운 밤에 몇 마리 동물이 시멘트의 건열에 몸을 덥히러 나왔던 적이 있다. 그들은 닫혀가는 세계 위에 몸을 눕히고 여느 때와 같이 짧은 그러나 영원한 잠을 잤다. 그들의 부드러운 혀는 마르지 않았고 그들의 꿈은 어떤 덫에도 걸릴 줄을 몰랐다.

♭

멀어져가는 너를 보면서, 그러나 돌부리처럼 제자리를 지키는 너의 얼굴을 보면서 한탄했다. 우주가 팽창하는 만큼 빛은 더욱더 사정없이 달려갔던 것이다. 쌍둥이이기 위해서. 한 번도 본 적 없는 과거에 믿을 수 없을 정도로 오랜 시간 동안 머무르기 위해서. 나무가 가지를 뻗듯이, 사슴이 뿔을 내밀듯이, 우리 앞을 달리는 미래가 갈라지면서 뻗어나갔다. 그중 어디에도 사랑이 없었다. 그중 어디에도 입을 다물지 못하는 큰 짐승이 있어서, 시간의 나무에 열린 붉은 열매를 남김없이 따먹고 있었다. 흐르는 붉은 체액 속에서 나는 강을 보았고 가뭄을 보았다. 어디 있는지 몰랐다. 나는 네가 어디서 피를 흘리고 있는지 알 길이 없었다.

♭

보이지 않게 만들고, 보이지 않게 만들고, 보이지 않게 만들어서, 본다. 잃어버리고, 잃어버리고, 잃어버림으로써, 찾는다.

#

그 집의 구조는 미궁과 같아서 안으로 들어가는 문은 하나이지만 그 안은 짐승의 내장처럼 복잡했다. 현관에 이르면 이미 몸이 차가워지는 게 느껴졌다. 계단은 가파르고, 유리는 뿌옇고, 여러 개의 모퉁이를 돌 때마다 무언가 아주 중요한 것이 벽 뒤에 숨겨져 있다는 것이 느껴졌다. 왼쪽으로 돌 때 그것은 왼쪽 벽 안에 잠들어 있고, 오른쪽으로 돌 때 그것은 오른쪽 벽 안에서 뛰는 퇴적암의 심장이다. 멈추어서면 발밑을 흐르는 수맥이며, 정신을 차리려고 고개를 저을 때 머리 위에 잠깐 나타나는 별들의 집합이다. 집의 크기는 무한하지 않았지만 그 안에서 길을 잃을 수 있는 가능성의 수는 무한하다. 어린 우리는 집 안에서 길을 잃으면서 마음에서 피를 흘린다는 느낌을 받았다. 중요하고 따뜻한 것이 사라지고 있었다. 걸으면서 그것을 되찾으려고 해보았지만 그럴수록 중심에서 멀어졌다. 멈추어 있으면 집 그 자체가 움직이면서 우리 주위를 맴돌았고, 우리는 우리가 되었다. 우리를 우리 자신에게서 멀리 떼어놓고 있었다.

#

　모든 방황은 길지만 너무 짧다. 나무에는 아직 익지 않은 푸른 감들이 나무에 퉁명스럽게 매달려 있고 우리는 다시 엄마와 아빠에게로 돌아간다. 따뜻한 밥을 몸에 담고 그르렁거리는 차에 실려서 집으로 날아간다. 하지만 미궁을 걸었다는 사실은 내 안의 어떤 시계를 작동시켰다. 끝없이 자전하면서, 끝없이 무언가를 측정하면서, 그러나 기록하지는 않는 어떤 장치. 기록을 남길 줄 모르지만 그저 상기시키는 움직임. 미친 사람이 웅얼거리는 것처럼 노래가 될 수 없는 작고 견고한 리듬. 길을 잃은 기억이 내게 남긴 상처이며 영광이었던 그것은 내 사지에 묻어 있는 자유로움을 아주 조금씩 경화시켰다. 내 안에 뭉쳐 있는 뼈를 길어지게 하고 달궈진 꿈을 서늘하게 했다. 백까지만 있던 숫자들이 무한을 향해 증식하도록 했다.

그렇게 나는 생각해왔다. 그렇게 나는 느껴왔다. 어딘가로 끌려가는 사람이 반지를 빼서 풀숲에 던지듯이, 이제는 없는 어린 내가 남긴 단서를 보고 나는 그렇게 유추했다. 하지만 정말 그랬을까? 오히려 반대의 일이 벌어진 것은 아닐까? 반지가 떨어져 있던 풀숲으로 돌아가려고 한다. 그곳에서 **반지가 아닌 모든 것**을 바라보아야 한다.

♭

내가 망치고 망치가 나라는 것.

네 이름을 안다는 것은 너만을 위한 망치를 만들어 가지는 일이란 것.

#

수영장이 있던 곳까지 찾아가는 일은 까다로웠다. 내비게이션에도 나오지 않았고 내 녹슨 기억은 삐걱거릴 뿐 좀처럼 앞으로 나아가지 못했기 때문이다. 예전에 푹신하고 시큼한 늪지였던 곳에 아파트 단지가 신축되고 있는 모습을 보았다. 나는 하늘에서 떨어진 콘크리트 덩어리가 늪 속으로 영원히 가라앉기 전, 잠시 몸의 일부를 공기 중에 내밀고 있는 것이 라고 생각해보았다. 예전에 작은 숲이 있던 곳에는 여전히 작 은 숲이 있었다. 조금 더 높아졌고, 조금 더 희미해졌다. 나는 말했다. 어릴 때 여기에서 비 오는 날 나무 한 그루가 쓰러져 서 길을 가로막았는데, 아버지가 차에서 내려서 혼자 치웠어. 연인은 작은 입으로 말했다. 그러면 내려서 아버지의 기억을 치워줄래. 비가 와.

　　나는 차에서 내렸다. 벽이 없는 수영장 안에 나는 서 있었 다. 끝이 없는 망치의 방 안에 나는 서 있었다.

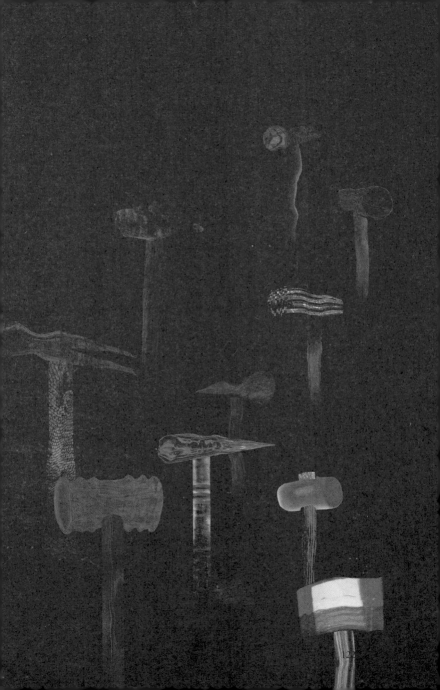

p.83 ⟨Where am I being led?⟩, 최자윤, 디지털 아트, 2025.
p.122 ⟨Those who set foot here shall be lost⟩, 최자윤, 디지털 아트, 2025.

예술가 최자윤은 청소년기에 한국을 떠난 후 죽 유럽에 머물러 있다. 런던을 기반으로 활동하며 잡히지 않는 사람의 본질을 그림과 디지털 매체를 통해 담아내는 것에 매료되어 있다. 영국 왕립예술학교에서 석사를 취득하고 현재 런던 예술대학교 일러스트레이션 학과에서 부교수로 재직 중이다.

산문

무중력의 글쓰기

내가 고등학교를 자퇴하고 독일로 떠난 날은 2002년 가을이다. 한국에서 보낸 마지막 여름은 몇 조각 안 되는 기억으로 희미하다. 비탈길을 슬슬 기어 내려오던 산안개. 젖은 옷의 시원하고 무거운 감각. 교복의 흰색. 그 여름에 읽었던 책 중에는 에드거 앨런 포의 글을 모은 『우울과 몽상』이 있었다. 그 두껍고 검은 책에서 지금까지도 기억에 남는 것은 「때 이른 매장」에 나오는 생매장의 끔찍한 이미지와 「한스 팔의 환상 여행」에 등장하는 기이한 달 여행의 묘사다. 「한스 팔의 환상 여행」에서 기구를 타고 13일 동안 달을 향해서 상승하던 주인공은 느닷없이 위아래가 뒤집히는 경험을 한다. 지구와 달 사이 중력이 교차하는 곳, 무중력 지점을 통과하는 순간이 온 것이다. 잠에서 소스라쳐 깬 주인공은 저 아래 보이는 거대한 달을 지구로 착각하고 기구의 풍선이 터져버려 지금 엄청난 속도로 지구를 향해서 추락하고 있는 거라고 생각한다. 자신도 모르는 사이에 생매장 당했다고 착각하는 「때 이른 매장」의 주인공처럼 그는 공황에 빠져 비명을 내지른다. 하지만 사실 그는 아주 느린 속도로 외계를 향해서 내려가는 중이었다. 진공을 압축해 마법처럼 깊이 들이마시면서. 외국어에 도착하는 것은 한스 팔(공교롭게도 Hans Pfaall은 독일풍 이름이다)처럼 낯선 위성의 중력에 이끌리는 일과 비슷하다고 느끼면서, 나는 19세기의 환상 여행과 나의 기억을 겹쳐본다. 한스 팔이 그랬듯 다행히 내가 도착한 달에도 생명이 있었고 말이 있었다. 달의 말에도 명사와 동사 변화와 관계대명사가 있었다. 여행은 그곳의 중력에 이끌려서 낙하하고, 결국 하나의 바닥에 닿는 일, 그 심연의 말을 퍼올리는 일이라고 느껴졌다.

모국어가 우리를 당기는 힘을 지구의 중력에 비유해본다면, 중력이 있기 때문에 우리는 걸을 수 있고, 물을 마실 수 있고, 누워서 잘 수가 있다. 중력이 없다면 누구도 살 수 없다. 하지만 우리는 달을 바라보다가 문득, 중력이 없다면 날아다닐 수 있지 않을까, 이런 생각이 드는 것이다. 어느 것에도 매이지 않은 천사의 말을 할 수 있지 않을까, 이런 터무니없는 생각이. 중력을 극복하기 위해 로켓 과학자들이 했던 일은 탈출 속도에 도달하는 일이었다. 태어난 행성을 벗어나기 위해서는 엄청난 힘이 필요하다. 가진 것을 전부 불태우면서, 나의 일부마저 떼어 내던지면서, 모성을 아래로 아래로 밀어내야 한다. 그렇게 다시는 돌아오지 않을 사람처럼 떠나지 않으면, 거꾸로 영영 돌아올 수 없는 사람이 된다.

누구든 최초로 모국어를 탈출하는 것은 아찔한 일이다. 우주 비행사가 너무 높은 중력 가속도에 정신을 잃듯이, 나역시 독일에서 지낸 처음 한 달에 대한 기억 자체가 사라져버렸다. 기숙사 친구들이 모여 앉아 있는 자리에서 한 친구가 나를 보면서 "선생님, 이 친구 이제 말 다 알아들어요"라고 말하고 내가 그 문장을 몸속으로 받아들이는 순간이 돼서야 기억이 계속된다. 이후로 나는 한국어와 독일어라는 두 개의 천체를 오가며 살게 되었다. 처음에 그건 집이라고 부를 수 없는 척박한 환경이었다. 무중력 안에서 움직임은 자유로웠지만 반대로 숨 쉴 공기가 없었다. 또 처음에는 항로를 개발해야 했기 때문에 부단히 많은 실수와 상처가 있었다. 그 과정은 흔히 번역이라고 부르는 과정이었다. 다만 단어를 단어로 번역하고, 문장을 문장으로 번역하는 것이 아니라, 언어 전체를 번역하고 생명을 통째로 옮기려는 무모한, 하지만 누군가에겐 반드시 필요한 일이었다. 그렇지만 이중언어자라고 해도 영원히 우주복을 입은 채로 진공 속에서 살 수는 없다. 쌍성 사이의 검은 공간에는 다른 곳에 없는 고요함과 아름다움이 있지만 그곳은 생명의 바깥이다. 그곳에는 "산소가 없다". 그렇다고 해서 어느 한쪽의 언어를 버릴 수도 없다. 동시대의 많은 다른 사람들처럼, 내게 달라붙은 궤도 방정식은 이미 삼체 문제처럼 어지러웠다.

언젠가는 두 언어 사이에 화해와 평화의 상태가 도래할 것이라고 생각했던 시간이 있다. 말하자면 내가 부지런히 노력하면 두 개의 행성이 하나로 합쳐지리라 생각했던 것이다. 그래서 나는 미친 사람의 혼잣말처럼 모든 단어와 문장을 머릿속에서 반대편의 언어로 번역해보려고 노력했다. 그렇게 결국은 내 안에서 하나의 언어가 될 것이라 생각했다. 내가 꿈꾸던 상태는 한국어와 독일어를 언제든지 완벽하게 할 수 있는 상태, 언어를 숨 쉬듯이 자연스럽게 전환할 수 있는 상태, 원한다면 한국어와 독일어를 섞어서 말할 수도 있는 그런 상태였다. 아니, 나는 내가 듣고 말하는 모든 말이 두 언어 사이의 무한한 화음처럼 경험되기를 원했다. 예컨대 **말**이라고 말하면 **Wort**가 동시에 떠오르고, 한 옥타브 높은 곳에 **언어** **Sprache**가 떠오르고, 저음부에 **언문 Vernakular, 방언 Dialekt** 같은 말들이 잇달아 울리는 식의 끝없는 공명이 있는, 언어의 고유 진동수에 취한 것 같은 상태. 그런 상태에 도달했다고 믿었던 순간이 없지는 않다. 하지만 이 역시도 결과적으로는 아직도 우주 유영자의 입장에서 본 것이었다. 검은 우주에는 내 말을 듣는 사람이 없다는 사실을 나는 잊고 있었다. 아차, 생명줄을 바짝 움켜잡고 지면으로 돌아갈 때 철학을 했다면, 잊고 있다는 사실마저 잊을 때, 시를 쓰는 시간이 있었다고 할 수 있을까.

이곳에 모은 글을 스스로 나눠본다면 크게 세 종류가 있다고 할 수 있다. 우선 「쟤네말」과 「이프릿트」를 비롯한 몇 편의 시는 2014년 이전 습작하던 기간에 쓰인 글이다. 말하자면 우리말이 낯설어지고 외국어가 모국어를 밀어내던 시절, 그러나 자리를 빼앗긴 말이 아직 경련하던 시절에 쓰인 것이다. 1부의 나머지 시들은 그 이후에 재차 경험된 수많은 중력 반전의 순간에 채집한 표본들이다. 반복되어 펼쳐지던 인천 앞바다, 즉 착륙, 도착, 비행, 귀국, 출국 등의 풍경이다. 대체로 한 언어의 화음이 다른 언어의 해일을 만나서 급격하게 솟아오르고 물결에 완전히 삼켜지기 직전까지의 짧은 순간들을 슬로우 모션으로 담은 기록이다. 격했던 움직임이 고요하게 멎거나 반대로 죽었다고 생각한 것이 멀쩡하게 움직이는 것을 신기하게 바라보는 순간들이 있었다. 또한 몸으로 언어 경계를 넘어가지 않고 내면에서 재현한 무중력 상태의 기록들, 넓은 의미의 자가 번역에서 나온 글들이 있다. 예컨대 독일어로 써서 한국어로 옮긴 것이 있고(「나무가 모르는 것들」), 한국어로 먼저 써서 독일어로 옮겼다가 다시 한국어로 옮긴 것(「무성」, 「도움닫기 없이 날기」), 최초의 생각이 희미해질 때까지 이 과정을 반복한 것(「횔덜린 변주곡」), 제3의 언어인 영어로 옮기는 흉내를 내본 것(「meday」, 「생일」) 등이 있다. 장자에 등장하는 망량罔兩처럼, 이 시들은 원본 없는 사본, 그림자의 그림자라고 할 수 있다. 외롭지 않도록, 서로를 자신으로 착각할 수 있도록, 나란히 배치해두었다.

반면 「비트겐슈타인」과 「망치의 방」은 철학이라는 또 다른 언어를 시 쓰기에 접붙이는 과정 속에서 만들어졌다. **의도, 체계, 개념을 가지지 않고 움직이는 철학적 언어가 있을 수 있을까,** 라는 질문에 대한 실험이라고도 할 수 있겠다. 이 두 편의 작업에서 내가 맴도는 공간도 무중력이라면 무중력이지만, 그것은 한국어와 독일어 사이에 놓인 진공이 아니라, 오히려 언어와 비언어 사이에 있는 크레바스 같은 공간이다. (나는 이 지점을 박사 논문에서 의미와 무의미의 경계에 위치한다는 뜻의 **경계의 언어**Grenzsprache라는 용어로 이론화하고

자 시도한 바 있다.) 철학은 보편을 찾는 중심 담론이기 때문에 필연적으로 중력 작용을 수반한다. 내가 의미론적 제국이 되어 타자를 끌어들이고 삼켜버리거나, 아니면 타자가 조성해둔 중심을 향해 기꺼이 또는 억지로 끌려 들어가거나. 철학사는 그래서 초질량 블랙홀들의 대결이기도 하다. 아쉽게도 대다수의 경우, 진리는 논변과 설득을 통해 추구되지 않는다. 유혹과 미혹, 선포와 개종, 배반과 추방, 마케팅과 충동구매, 파벌과 굴종 등으로 얼룩진 철학사의 이분법을 벗어나는 방법이 없을지 비밀스럽게 고민해보려고 했다. 초점을 맞추지 않고 보기, 말하자면 "곁눈질"로 보기. 파편에 비친 영상을 통해서 본체를 보는 것이, "흩어져서" 보는 것이 가능할까. 밤하늘의 흐린 별을 보려면 눈의 초점을 빗맞추어야 하듯이, 그렇게 보는 게 철학에서 가능할까. 식물이 눈이 없어도 빛을 찾듯이, 그렇게 진리까지 갈 수 있을까. 「망치의 방」은 그런 점에서 나에게 극히 개인적인 인식론을 테스트해본 글이라고 할 수 있다. 이 글은 어린 시절에 각인된 가장 강렬한 감각적

이미지인 수영장에서 시작되었지만 그 외에는 최대한 목적이나 의미적 기반을 가지지 않고자 했다. 시, 산문, 철학 등 장르적 경계도 설정하지 않으려고 노력했다. 대부분 손이 가는 대로 쓰이게 내버려두었다. 마음의 밸브를 최대한 풀어버리면서, 기억이 다가오면 기억을 쓰고 생각이 다가오면 생각에게 지면을 내어주고자 했다. 그랬더니 이따금 처음 보는 풍경들이 나타났고 나는 멍하니 그 풍경을 바라보았다. 지금 되돌아보니, 개념은 풍경의 가장자리로부터 자라나는 듯했다. 예컨대 **망치**는 개념에 대한 은유이지만 그 자체로 일종의 개념이기도 하다. 망치는 이상한 물건이었다. 망치의 이미지를 잡는 법은 망치를 내려놓는 것이었기 때문이다. 이 과정에서 자기 자신의 뒷모습을 훔쳐보는 언어를 어설프게나마 배웠다는 감각이 가끔 있었다. 신체적으로 말하자면 「망치의 방」은 모니터 앞에서 입을 반쯤 벌리고 다가닥, 다가닥, 말을 달리며 쓴 거품 같은 텍스트다. 그래서 이 글을 쓰는 움직임은 강단 철학의 경직된 언어, 즉 '페이퍼'와 '앱스트랙트'와 '연구계

획서'의 언어에서 도피하는 과정과 거의 같았다.(아이러니하게도 어느새 그 경직된 언어가 직업이 되어버렸지만.) 자연으로 달려나가고 싶은 욕구를 참으면서, 자연이란 말이 이미 망쳐버린, 생명이란 말이 이미 감춰버린 그것을 계속 시야 밖에 두려고 노력하면서.

중력이 없는 방에서 빙빙 돌던 밤들이 있었다. 이 글을 내보이는 마음은 그림자와 몸을 바꾸는 내용의 그림자극을 혼자 공연하다가 들킨 기분에 가깝지 않을까 한다.

양해를 구한다. 중력 탈출과 무중력 같은 괴상한 이야기를 이렇게까지 길게 해버리고 말았다. 이미 여기까지 읽은 당신이라면 그림자극을 보며 웃겠지만. 블랙홀, 백색왜성, 적색편이, 성단과 성간 구름. 나는 이런 언어들이 좋다. 자꾸 우주 이야기를 하는 것은 어쩌면 집안 내력 때문일 수도 있겠다. 우리 아버지는 예전에 우주 탐사선 프로젝트에 몸담았던 물리학자셨다. 가끔 비유적으로, 아버지의 분야였던 우주선 내열 소재 연구를 내가 이어받아서 한다는 느낌이 들 때가 있다. 우주선이 지구로 돌아올 때 맞닥뜨리는 문제 역시 공기와의 마찰 속에 불타버리지 않도록 견디는 것이기 때문이다. 연구 주제는 투명한 불을 견디는 일이라고 하겠다. 나는 언어와 개념과 사상의 연소(그리고 느린 연소로써의 부패)에 아주 큰 관심을 가지고 있다. 그건 중력을 가진 세계에서만 일어나는 일이기 때문이다. 대부분의 유성은 지면에 닿지도 못하고 0.1초 정도의 불꽃으로 사라지지만, 우주선은 아무튼 타버리지 않고 지상에 착륙해야만 한다. 귀환은 인공물의 운명이다. 무중력을 싣고 대기권에 재진입하려니, 결국은 한 줌의 재만 손에 들릴까봐 걱정이 앞선다. 그러나 모든 생명은 열에서 태어났으니 괜찮을 것이다. 대기는 따뜻할 것이다. 깜짝 놀랄 정도로.

재진입 시퀀스를 시작한다. 몸이 점점 무거워지는 것을 느끼면서. 손을 키보드에서 뗀다. 여기부터는 오토파일럿이다.

발문

불꽃과 망치

김혜순 / 시인

박술은 철학자이고 시인이다. 그리고 번역자다. 그는 한 쪽 언어를 다른 쪽 언어로 번역하는 것에 머물지 않고, 양쪽 언어를 다 다른 쪽 언어로 번역한다. 그의 철학하기는 주로 독일어로 이루어지고, 그의 시하기는 주로 한국어로 이루어 진다. 그가 고등학교를 중퇴하고 독일에 간 다음 "처음 한 달 에 대한 기억 자체가 사라져버렸다"고 한 것은 시사하는 바 가 크다. 언어가 증발하자 기억마저 증발해버린 경험은 그에 게 언어=몸을 체득하는 중요한 시간이었을 거다. 나는 "혀가 허무와 교착"했던 그 "진공"의 과거에 주목하고 싶다. 그 시 간은 한국어와 독일어 사이에 낀 묵음의 시간이다. 그 묵음 이 시를 태어나게 하는 공포이며 시적 지각의 무한일 수 있겠 다. 이 시집엔 히브리어 라틴어 영어 독일어 한국어 안달루시 아어 등등 시공간을 가로지르는 언어에 대한 감각이 있고, 그 것의 지정학을 몸으로 앓는 화자가 있다. 장소에 붙은 언어 의 지리학 말이다. 나는 우리나라에서 이 시집만큼 여러 언어 를 몸으로 체득해 감각화하는 시집을 본 적이 없다. 그만큼 언어가 살이고 피인 시인, 풍경이고 감각이며, 존재론인 시인을 본 적이 없는 것 같다. 그는 시에서 횔덜린과 비트겐슈타인의 가면을 쓴 화자로 등장하면서도 그들의 철학보다는 감각과 거기에서 파생되는 이미지를 추종한다. 그들의 에피소드와 서사 속에서 솟아오른 이름을 버린 '감성적인 것의 나눔'과 정동을 재기억화한다. 이 재기억화는 질문을 떠안은 언어의 새 가능성이기도 하다. 마치 깨달음을 얻고 언어를 버린 선승이 결국 언어를 빌려 선시를 발화하는 것처럼 말이다. 이 가능성은 비트겐슈타인처럼 언어의 놀이에 의해서 촉발된다고 할 수도 있겠다. 이러한 시작 방법은 그가 독일어로 철학하기에서 건너와 한국어로 시하기를 도모하는 것처럼 "정신"을 "육체 속에 풀어" 언어=몸으로 결국 "나를 너로 옮겨적"고자 하는 타자에의 욕망을 반영하려는 의지라고 할 수 있겠다. 그래서 결국 우리나라에서는 요즘 찾아보기 힘든 아름다운 이미지의 세계와 문장 구성이 발생했다.

이 한국어 시집의 첫 번째 시 「란스 Lans」는 많은 것을 말해준다. 오스트리아의 트라클의 한 장소에서 시인은 시의 귀절들로 원근법을 무시한다. 먼 곳이 순식간에 가까워지고, 가까운 곳이 순식간에 멀어진다. 작은 것이 커지고 커진 것이 작아진다. 그 속도감은 말할 수 없다. 그러나 이 속도감 위에 언어들은 파울 첼란의 「죽음의 푸가」와 같은 리듬, 파울 첼란처럼 여러 언어 세계 위에 올라앉은 것 같은 그 리듬으로 두 장소, 두 언어를 맞댄다. 그 안에서 화자, 나는 소실점으로 사라지다가 다시 원대해진다. 한쪽에서는 점이고 한쪽에서는 거대하다. 이것은 두 시간을 일치시키고자 하는 시인의 바람에서 비롯된다. 트라클의 시간과 박술의 시간, 독일어의 시간과 한국어의 시간의 찰나의 거리도 없는 접속. 시의 공간들은 일치하지 않으나 시간은 모두 일치하게 하려는 트라클의 표현주의적 병렬 양식처럼 그 시간적 차이 없는 접속의 공간에 이 시집의 시들이 있다. 어쩌면 이 시적 표현 방법은 왜곡과 착취로 점철된 지명地名과 지도 그리기 같은, 그런 언어에 의해 자신이 사용되지 않으려는, 도플갱어가 되지 않으려는 시인의 몸부림(몸성)일 수도 있겠다. 이토록 시에 지명이 많이 등장하는 것은 지명을 정한 자들의 지정학적이고, 언어적인 욕망의 울타리에서 그곳을 다시 몸의 언어로 재점유해보려는, 시인의 안간힘("우리에겐 옷이 사라지고 있었다")일 수도 있겠다. 왜냐하면 시인은 자신이 발견하고 표현한 것에 거주하는 존재이기 때문이다. 그는 끝끝내 현대철학이 질문하고 있는 언어에 대한 사유를 시적 언어로 꿰뚫어 시의 몸을 드러내고 싶은 건지도 모르겠다. 시간과 시간을 맞부딪치게 함으로써 생긴 그 공동空洞의 영역에 시적 언어로 거주하게 하는 어떤 시적 존재의 저항의 방식으로 말이다.

그는 비트겐슈타인처럼 항상 언어를 문제 삼는다. 그는 비트겐슈타인이 '언어가 놀고 있을 때'라고 한 것처럼 몸과 유리된 언어, 고착된 이름을 회의한다. 니체에게 시적 언어는 몸 감정이고, 몸으로부터 발생하는 영혼의 충동의 표현이 아니었던가. 그는 감각의 확장된 형태로 언어를 몸처럼 사용하기를 바란다.

"날 만져줘서 고마워, 라고 말하는 순간 모든 단어의 의미를 한꺼번에 잊어버리고, 나무를 입으로 만지면서 말을 거꾸로 삼키던 날"이라고 그가 "'생일"들을 기억할 때의 정동, 디오니소스적 충동으로 시적 언어를 다시 몸속으로 귀환하게 하려는 그의 의지,

"엿들어야 비로소 들리는 음악"처럼 언어를 공중空中으로 울려 퍼지게 하려는 그의 은밀한 의지,

"이제 나는 글자들에 연결된 사람이 아니다"라고 하면서 언어가 사물과 타인과 화자를 명명으로만 고정하고 고착화하지 않게 하려는 그의 의지,

"모든 이름은 그저 반창고 같은 것, 연고 같은 것"이라고 하는 언어의 명제 생산 활동을 중지시키려는 그의 의지가 독일 철학자인 그가 (한국)시를 쓰는 이유가 아니겠는가.

그래서 "thank you for touching me. the day i forgot the meaning of all words because i was chocking on you." 만짐과 묵언을 언어 작용의 바깥에 붙여두는 것이 그의 시적 '언어=시의 몸의 시작'이 되었을 것이다. "the day i finally found my lips. the day i was crying out of warmth. the day i was born before i was born." 그러나 결국 몸처럼 작동하는 언어, 감각의 확장된 형태로서의 언어, 촉각의 언어가 가리키는 곳에는 타자, '나'와 '너'가 존재하는 언어 그 자체가 다시 도래할 수 있겠다.

그의 시 「이프릿트」를 읽으면 그의 시가 어떤 디딤돌을 디디며 전개되는지 짐작하게 된다. 그러면서 독자인 내가 알게 된 것, 히브리어로 나비는 예언자라는 것. 그의 어머니는 고양이를 나비로 부른다는 것, 그는 자음을 네모라고 생각하고 모음의 모서리는 둥글다고 한국어적으로 생각해왔으므로 자음으로 된 히브리어, 신의 언어에 모음을 그려놓고 싶어 한다는 것. 동시에 그는 "전나무 내 가득한 홍해가 입술을" 거쳐 나비는 두 쌍의 날개를 지녔지만 "주의 천사는 세 쌍의 날개를" 가졌다고 단지 날개의 개수로 신과 인간의 차이를 구별한다는 것. 그의 시는 단어의 번역에서 출발해 기억을 끌어오고, 그 기억에서 이미지를 출현시키며, 언어 화용론에 주목하며, 마지막으로 어떤 정동에 이른다. 이렇듯 단어에서 촉발해 어떤 정동에 이르는 그의 행로는 자유롭고, 데자뷔에 의지하는, 시에 등장시킨 공간을 일치시키려는 작용과는 거리가 먼 자유 연상의 행로다. 인간이 언어를 사용하는 것이 아니라, 언어에 의해 사용되며, 사유가 언어를 통해서만 가능하다는 것에 대한 도전이다. 특히나 그의 시에서는 나방이나 나비가 자주 출몰하는데 그 연약한 날개를 가진 생물들은 "사랑"이나 "그리움"의 맥락에서 출현하기도 한다. 나비나 나방은 비트겐슈타인이 철학이 해결해야 할 문제를 부정하면서, '파리에게 파리통에서 빠져나갈 출구를 보여주는 것'이라고 한 것과 연결되기도 한다. "너라는 동굴"에서 "나라는 새"가 출구를 보여주려는 그의 욕망과 연결되기도 한다. 이 연결은 단어들의 '가족 유사성'에 근거를 둔 행로다. 하지만 반대로 날개를 가진 것들의 출현은 발밑이 무너지는 예감을 안고 있다는 것을 염두에 둬야 한다. 그래서 히브리어 예언자, 나비가 등장하는 것일까. 그는 결국 날아오르는 것들을 뭉뚱그려 예언자라고 부르고 싶은 것일까. "글자"에서 해방된, 말할 수 없는 것을 보여주는, "쉼표"의 '따뜻함', 실어失語를 떠가는 나비, 예언자 말이다.

    그의 시 「숄덴 1」과 「숄덴 2」에서 '숄덴'은 비트겐슈타인의 헤테로피아, 노르웨이의 한 장소다. 그곳에서 시인은 한 "남자의 책"에 대해 생각한다. "어떤 것도 걸리지 않는/ 빈 그물"인 책. 그는 연이어 그 장소에서 불교의 간화선을 떠올린다. 불가라는 동음이의어를 따라 불가에서 불가佛家로 시행을 옮겨간다. 그는 "머리가 없는 놈이 무슨 궁리를 하느냐"는 선승의 일갈을 들은 적이 있었다. 그때 '머리'는 비트겐슈타인의 파리통, 혹은 이 시에서의 "드럼통", 또 다른 시 「망치의 방」의 "수영장"과 같다. 선승은 불의 대변인, 불의 혀, 불꽃이다. 선승은 일정한 모형이나 패턴을 따라 진행되는 사유에 대해 일갈한다. "어둠 속을 응시하면 이상한 패턴들이 나타나서 시야를 장악하고 내 머리를 움켜쥐었다"라고 고백하는 그의 머리를 선승은 아예 떼버린다. 그는 "정신이 없어졌고, 침묵마저 잃게 되었다". 이 시에서 머리는 언어적 틀 안에 박힌 금속 조각("오른팔은 금속으로 되어 있다"고 할 때의 오른팔)과 다르지 않다. 그의 머리는 형이상학적 망상, 언어적 상상의 함정 같은 것이었다. 이때 불립문자, 스승의 일갈은 이성과 이상의 세계가 있다고 가정하는 생각에 대한 연소, 해체, 해소, 해오의 망치가 될 것이다. 그것은 시인이 시 「페를라흐 Perlach」에서 인용한 횔덜린의 시, 「이스터 강 Der Ister」에서처럼 "불길"을 통해 "낯선 곳에 이르러" 언어를 잃게 되는 경험과 맥락이 같다. 시인은 선승의 망치에 의해 해소된 다음, 다시 "불가의 뜨거운 불가에서" 머리를 얻고 정신을 움직이게 된다. 그는 비트겐슈타인의 장소에서 불가를 만나고 새로운 머리를 장착한다. 그래서 결국 숄덴에의 방문은 언어의 최초, 언어의 발원지에의 방문이라고 할 수도 있을 것이다.

색채가 선명한 어둠, 영적인 숲, 그러나 가장 어두운, 나무조차 없는 "흑림". 있는가 하면 없는 장소, 고향을 잃어버린 우리의 임시 정박지, 방랑의 끝에 도착한 영혼의 나라. 트라클이 도달하고자 했던, 이 시인이 '너'를 찾아 헤매는 곳. 그곳은 하이데거가 말한 '아무런 빛도 스며들지 않는 숲'인가. 여기에서 나는 그의 불꽃을 다시 한번 들여다봐야겠다. 아무 빛도 스며들지 않는 곳에도 아무것도 없지는 않다. 다만 어둠으로 은폐되어 있을 뿐. "깃털 빠진 새"와 "이끼"가 있고 "앞에 가는 사람의 옷자락"이 있다. 세상에서 멀리 떨어진 그윽한 곳. 고향을 등진 방랑객이 찾는 곳. 마을은 없고, 존재는 있는 곳. 이런 장소가 이 시인의 시가 출발하는 장소일까. "흑림"은 시적 존재가 정박하는 하나의 항구 같은 것일까. 이곳은 시인이 잃어버린 나라일까. 왜 이리 검은가 생각하다보면 눈앞에는 불의 강의 시선이 있다. 그러나 종당엔 검은 물, 허연 불, 재의 장소로 돌아나가는 시인의 발걸음. 영혼은 땅에 속하지 않지만, 그 영혼은 정신에서 분리되어 정신이 반영된 또 다른 모습으로 붉게 흐른다. 시인은 그곳을 일별하고, '너'에게 간다. 숲의 안에는 하이데거가 트라클의 영혼을 불꽃의 모습으로 바라보듯, 불의 강이 있다. 그 강엔 마치 블랙핑크 제니의 〈Zen〉에서처럼 "Fire aura"가 흐르고 있다. 하지만 종당에 시인은 감각과 감정을 다 태워버린 파괴의 허연 불이 흐르는 숲에서 벗어나온다. 영혼을 불어넣어주는 붉은 강과 모든 것을 파괴하는 하얀 불이 상영되는 숲. 결국 이 시는 "처음 본 숲에게 불을 놓는 것으로/ 인사를 대신하"고 불타오르는 불가의 정신으로 '너'라는 타자를 환하게 찾아내려 했지만, 모든 것을 태워 검은 물과 허연 재가 되어버리는, 자신을 버리는 실패와 파괴의 모습을 보여주는 것으로 끝이 난다. 이때 "눈이 떨어진 채로 진실을 웅얼거리는" 시인의 모습은 언어의 상호 연결성마저 잃은 채, 깨달음의 패러독스에 빠져 고향을 잃고 방랑하는 자의 허탈함, 그 자체다. 이때, 그는 '너'를 찾아가는 탑 속의 휠덜린 같다. 그러나 다시 생각해보면 이 시는 선불교의 깨달은 자를 선별하는 인정 방식에 대한, 사적 언어로 쓰인 어떤 언어적 도전이기도 하다는 생각이 들기도 한다.

그는 "잊고 있다는 사실마저 잊을 때, 시를 쓰는 시간이 있었다고 할 수 있을까"라고 자문한다. 이 망각의 망각이 도래하는 시간은 시적 주체가 소멸하는 시간, 시와의 관계가 시작되는 시간이라 할 수 있겠다. 설명이나 서사가 아니라 시가 시작하는 시간 말이다. 그가 독일에 처음 도착했을 때 경험한 진공의 시간. 묵음과 망각의 시간. 언어의 권력이 지워진 시간. 하나의 소실점. 명명을 버린 자리에서, 독일도 한국도 아닌 자리에서의 하나의 무중력, 빈 시간. 흑점에서 그의 시는 발아했을 것이다. 이 시집에는 마치 비트겐슈타인의 침묵과 선불교의 불립문자처럼 언어의 우상을 파괴하는, 우상의 부재를 향해 가는 몸부림, 언어 부림으로 파편화된 채 살아 있는 존재들이 있다. 그래서 이 시집은 "두 중력체 사이에서 몸이 뒤집어질 때 느껴지는 잠깐의 무중력"으로, 여러 언어들로 조각조각 나누어진 시인의 몸이 시적 언어로 표현됨으로써 지각하고 존재하게 되는 지난한 몸짓의 기록이라고 할 수 있겠다. 침묵 속에 촉각의 주고받음이라는 에로스를 위치시키는 것, 시를 씀으로써 언어의 사용으로부터 완전히 자유로워져서 언어 자체가 시로 수렴되기를, 완전히 혀가 저절로 움직임으로써 무의미를 받아들이기를, 언어가 언어의 수단에서 벗어나기를, 단어들과 명제들이 와해되기를 바라는 언어 행위. 이 몸부림을 하나의 사물로 지칭하면 붉은 망치가 될 것이다. 그래서 그런 시들이 모인 이 시집이 언어의 한계를 넘다가 광기에 휩쓸린 트라클, 횔덜린, 니체, 비트겐슈타인이 "가슴을 전부 헐어서" 그에게 준 "망치의 방"이 아닐까 생각해본다. '나'의 지난한 언어 행위로 결국엔 대상화되지 않는 타자가 언어의 폐허 위에 다시 나타나게 하는 작업, 그 어느 누구도 아닌 타자의 다가섬, 나와 너의 마주함, 말할 수 없는 것을 말하게 되는 시작점, 그것이 그의 시가 되었을 것이다.
"네게 삶을 내어"주는 '나'의 시가.

아침달 시집 47

오토파일럿

1판 1쇄 펴냄 2025년 3월 20일

지은이 박술
큐레이터 정한아, 박소란
편집 이기리, 서윤후, 정채영
디자인 정유경, 한유미, 김정현

펴낸곳 아침달
펴낸이 손문경
출판등록 제2013-000289호
주소 04029 서울시 마포구 양화로7길 83, 5층
전화 02-3446-5238
팩스 02-3446-5208
전자우편 achimdalbooks@gmail.com

© 박술, 2025
ISBN 979-11-94324-28-7 03810

값 12,000원